せっかく離婚したのに

泣言 遊太郎
Nakigoto Yutaro

文芸社

せっかく離婚したのに

目次

本文イラスト――青木宣人

せっかく離婚したのに

第一章　再　会

面接日の朝

♪ノンノンノンノン　ノンノンノンノン
今日は　私の　離婚記念日です♪

田頭紀香の一日は、この日もこの歌の鼻歌で始まった。もちろん、これは、九七～八〇年代のアイドル石野真子の『失恋記念日』の替え歌である。

田頭の同居人で、このアパートの部屋の主でもある佐藤水《みず》は、深い溜め息を落としてから、『そして神戸』を熱唱するクールファイブの前川清のように眉間に皺を寄せてから、田頭を横目で睨《にら》んだ。

「おい、今日は俺の就職面接試験の日だろうが。今日くらいはそのしょうもない歌をやめて、たまにはトンカツでも作って、頑張ってネーと優しい言葉の一つでも掛けれんのか、女なんだから」

「あら。あたしに料理や優しさを求めるの？　三年も一緒に住んでるのに、まだそんな馬鹿なことを考えてるの？」

「…………」

「それにね、頑張ってという言葉くらい、人を追いつめる言葉はないの。結果なんか全く気にせずに楽しんできてね――が正解なの。〇か×かじゃなくて、縁があったかなかっただけ。努力したかどうかじゃなくて、能力があるかないかじゃなくて、実力を発揮できたかどうかでもなくて、全ては縁があったかなかったかだけ……ということで、試験楽しんできてね」

「…………」


佐藤水は五十一歳。田頭紀香は三十二歳。年齢差があるわりには、言い争いとなると田頭が完勝する。コテンパンに男が言い負かされる――というのは、どこにでも転《ころ》がっている話だ。

「水さん。今日の水さんの表情硬いわ。それに今日は溜め息が多いわ。溜め息はオナラより劣るの。無愛想は殺人やニセ札造りより罪が重いの。悩まない門には福来たるよ。余裕の笑顔で今日を過ごせば、今日は絶対に素敵な一日になるわ」

十五年前、由美と離婚してからというもの、自暴自棄という危険区域からは抜け出せたものの、休日は酒場に入りびたり、粘土細工のように顔を不機嫌なしかめっ面で固めていた。

そんな日々が十年余り続いたある日、居酒屋で、見ず知らずの、小太りの丸顔で黒のセルロイド眼鏡の女が近寄り、

「あら、アナタ。信じられないくらいに波動が悪いわね」

——と、なんの遠慮もなく、いきなりキスでもするのかと勘違いするほどの至近距離、五センナまで顔を近づけて、

「よくそんな梅干しとレモンと唐辛子とわさびとタバスコをいっしょくたに口の中にいっぱいに詰めこんだような顔ができるわね」

と、初対面の人間の顔で大笑いされたというのが、田頭紀香との出会い。ロマンチックな出会い、運命の出会いという要素は一パーセントもなく、ただ腹立たしいだけの出会いであった。

失礼極まりない態度であったが、田頭は陽気に明るくニコニコとまとわりつき、追いかければ追いかけるほど、田頭は楽しくて楽しくて仕方ないのに対し、佐藤はムスッがムスッムスッとなり、やがてムスッムスッムスッムスッ……と薬缶《やかん》が沸騰《ふっとう》したようにイライラは増していった。

ここでつまらぬ想像をすれば、レオナルド・ダヴィンチが、モナリザの微笑みならぬモナリザの苛立《いらだ》ちという絵を描いていたら、きっとこのときの佐藤水と同じ顔をしているに違いない。

ともあれ、田頭は佐藤の気持ちなど意に介さずに追っかけを止めず、とうとう佐藤のアパートに住みついてしまった。

いわゆる押しかけ女房というヤツである。

突如始まった共同生活から三年が過ぎ、佐藤はどんどん田頭に調教されていった。まず、はっきりと言えることは、人生を絶望していた領域からは足を抜け出せた。

怒ったり愚痴ったり、佐藤が不機嫌なときには、

「もったいないわ、短い人生でそんな顔なんかしたら。せっかくの素晴らしい一日をドブに捨てるようなもんだわ」

——と言うなり、田頭はパソコンに向かって鼻歌を歌いながら何やら打ち込んでいる。機械オンチの佐藤は何をやっているのかサッパリわからない。

とにかく、一日中パソコンと向き合っている。何をしているのか、聞いても田頭は全く答えないが、これでかなりの収入を得ているのは確かなようだ。

「美人の辞書には、過去という文字はないの。だから私のことは何も詮索《せんさく》しなくていいの。それから美人の辞書には緊張という文字もないの。自分が心から思うことを行うのが美人の義務で、人が

自分をどう思うかなど気にならないから、美人は緊張など感じないの」

――と、日常会話の中で美人という言葉を頻繁に使用するが、どう贔屓目にみても田頭の顔は美人というにはほど遠い。

ほど遠いが、五年間キャバ嬢のナンバーワンをやってきたと、すぐにばれるような嘘を平気な顔して図々しく語る。

だが、何度も何度も自分で自分を美人と言うことによって、自分は美人、この世の主人公だと思っている。

それ同様、今日は素晴らしい一日になるわ――というセリフも何度も繰り返しているから、なんでもない平凡な一日も最高に素敵な一日に変えてしまって、毎日幸せに過ごしている。

そんな超ポジティブな紀香節に感化され、佐藤も徐々にではあるが、目に映る景色や満員電車の車両に詰め込まれる会社員、OL達にもありがとう、ご苦労様と心から思えるようになっていた。

そんな、人生も軌道に乗ってきたなあという矢先、佐藤が離婚後、勤めに出た会社がまた、まさかの倒産をした。

倒産は三度目である。

心は、気の持ちようで、現実の何百倍もガタガタに崩《くず》れてしまう。

（やっぱりな……）

不測の事態に遭遇すると、凡人はやっぱりな……が再燃したかと思うと、心の中で高速回転し、どうせ俺は幸運の女神には無視される男でしかないと、自分で自分の人生を崩してしまう。

田頭紀香は、そんなときも平然と笑っていた。

「水さん。アメリカのビバリーヒルズの億万長者の方に、アナタの成功の秘訣はなんですかって尋ねたら、多くの人はこう答えたの。離婚とリストラ。この二つが、信じられないくらいに私に幸運をもたらしてくれたって……ね。水さんは、その二つとも経験してるのよ。あの人達の仲間入りができるってことね」

「今、そんな現実味のない話をしても何も始まらんだろう？　こちらは五十過ぎて職探しを始める身の上。億万長者の話をしてるときじゃないだろう？」

「あら、年齢は関係ないわ。ケンタッキーのカーネルサンダースさんなんて、あの年から全てを始めたのよ。間違いなく自分は成功できると思えた人だけが成功するの。全く根拠のない絶対的な自信を持つの……長く話したら遅刻しちゃうわね。今日は、たぶんとってもいい日になるわ」

「……とりあえず、そろそろ行ってくる」

就職情報誌『仕事ミツカール』で「四十歳まで」という文字が並ぶ中、

（年齢、学歴、経験、ルックス不問、性格が明るい人なら、バツイチ、バツニでも大歓迎。持病なし金なし全く*根拠のない自信はあり、お年寄りを愛する気持ちありの方なら五十、六十喜んで）

――という本気なのか冷やかしなのかわからない、まるで保険のセールスみたいな広告文に妙に心が引っ掛かり、佐藤は面接第一号をこの会社に決めた。

田頭も、「予言者の私もそれがいいと思うわ。その会社には素敵な波動が渦巻いているわ。そこにしなさいよ」――と、果てしなくいい加減で、それでいて、この上なく明るい助言をした。

（おまえ、いつから予言者になったんだ！）

そんな反論をするのも馬鹿馬鹿しい。大胆なことも全然辻褄《つじつま》の合わないことも、言ったあとは平気で涼しい顔をしている。

離婚まで

この会社の職種は老人介護。

*「根拠のない自信」という言葉はメンタルトレーナーの久瑠あさ美、スポーツドクターの辻秀一先生の本から引用しています。

老人というと、佐藤水は幼少時代に優しくしてもらった祖父母を思い出す。祖父母の家は勉強しろという者もいなければ、夏は西瓜、秋は栗、無花果《いちじく》など、ただの食べ放題のパラダイスだった。ゲゲゲの鬼太郎の主題歌ではないが、そこは学校も試験もなく、楽しいな楽しいなの世界であった。

また、十五年も前に大型のショッピングマーケットが進出して、地道にやっていた個人スーパーの佐藤商店を閉店したときに、

「やめてしまんか……。淋しなるなあ……」

――と、毎日買い物に来てくれていたじいさんやばあさんの顔が浮かんできた。

佐藤は時間が許す限り、近所のお年寄りの話に耳を傾けていた。孫の名前や年齢、連れ合いとのなれそめ、嫁や息子の話から若い頃の思い出など、事細かく刑事のようにノートに書き記し、孫の誕生日、結婚記念日、また、人によっては連れ合いの命日にもマメに足を運んだりしたものだった。

店を閉め、片付けが終わったとき、水は妻の由美に小声で言った。

「このノートも無用の長物になっちまったな……」

「そんなことないわよ。また、たまには皆とも顔を合わせるんだから……」

「顔を合わせても、慰《なぐさ》めの言葉をもらっても、生活のタシになんかならんさ。所詮この世は弱肉強食。負け犬は、プライド捨てて、流れついた仕事にしがみついて生きるだけやろ……?」

「……そんなに済んだことを嘆いたり、過去を嫌ってたら未来にも嫌われちゃうわよ」

「そんな綺麗事で現実が変わったりするか……」

そんな会話が何度も繰り返され、二人の間には話すたびに溝が深まっていき、ほとんど口をきかない日も多くあった。

「結局は、妻の私が力不足だったってことね……ごめんなさい」

その言葉を残し、由美は水のところから去っていった……。


佐藤水は、面接会場の待合所で面接試験を終えて部屋を出てくる人間、順番を待つ人間の表情を見渡しながら、そんな昔の記憶を手繰り寄せていた。

ここに来ている人間が、これまでどんな暮らしをしてきたかなど知る由もないが、事情はさておき、職を失くしてやってきていることだけは確かである。

ずっと瞳を床に落とし、足どりの重い者だけだ。

そんな中でたった一人、妙にニヤニヤした痩身の男、年齢四十代半《なか》ばかという男が図々しく足を組んで競馬新聞を広げている。

小指を耳の穴に突っ込んで耳垢をほじくりながら、待ち時間をもてあましているポーズをひけらかしていた。

髪はボサボサ、服装の着こなしも出鱈目なこの男と一瞬目が合い、佐藤は軽く会釈をした。

募集人員七人のところに百二十人余りの応募があり、狭き門に出向いている立場にある人間にしては、この待ちっぷりは大したものだ。

そんなとき、

「次、五十七番、佐藤水さん。面接室にお入りください」

と、佐藤水の名前を呼ぶ声が響いた。

佐藤は面接会場の部屋の扉を開けた瞬間、
約三秒間息が止まった
時間が止まった
思考回路が止まった

肺は呼吸するのを忘れ
心臓も鼓動を忘れ

半開きに開いた口は閉じるのを忘れ……

ビデオの一時停止のような状態で全身が固まった。

右と左に高級スーツを身に纏《よと》った男を従えて、デーンと真ン中に超派手な衣裳で、まるでアメリカ大統領夫人か、英国皇室の女王かという風に座っていたのは十五年前に別れた佐藤水の元妻、由美であった。

「由美……」

鳩が豆鉄砲の二十連発を喰らった顔とでもいうのであろうか？　佐藤は呆然と立ちつくし、言葉を失ったまま元妻を見つめていた。

「びっくりした……。まさかこんなところで再会するなんてな……」

佐藤は由美に、何を話しかけていいやら、頭の中で、

（元気だったか？）

（あれからどうしてた？）

――と、さまざまな言葉が縺《もつ》れて、どれを取り出せばいいのやらと思い巡らしているとき、冷静な、実に冷静な口調で命令が下されたのであった。

「面接者は私語を禁じます」

「…………」

それから履歴書を見ながら由美は言った。

「佐藤水さん……。水さんっておっしゃるのね。変わったお名前ね」

「変わった名前って、自分の元亭主……」

そのとき、由美は実にわざとらしく同時に可愛く咳払いをして言った。

「面接者は、質問されたことのみに答えるように」

「…………」

それから由美は、右と左の男に向かって言った。

「常務、しばらくの間、この方と話をさせていただけないかしら？　二十分間だけ席を外《はず》してちょうだい」

「しかし麻丘社長……」

「お願いします」

「はい。では二十分間退出します。お知り合い……ですか？」

「ええ、少しだけ」

この常務と呼ばれる男と由美とのやりとりで、佐藤は由美の会社での立場が社長であること、それから会社での力関係が、男達よりかなり上であることが読みとれた。

常務らはまさか面接試験のさなかに退席させられるとは予想もしなかったが、納得できないよりも、

(一体なんなのだろう……?)

――という気持ちで、ゆっくりと部屋を出ていった。

由美は部屋の中が二人っきりになるのを確認すると、席を立ち上がって水の方に近づいた。

それから、夫婦であるときには見せたことのない爽《さわ》やかな笑顔を投げかけていた。

笑顔とインフルエンザと職場の嫌われ者の悪口は、猛スピードで伝染する。

由美の笑顔は水に伝わり、面接室内の中は緊張感ゼロの状態になり、水も苦笑いで返していた。

「麻丘……社長……か……」

「そう、麻丘社長なの。結構有名人なんだけど、全然知らないみたいね」

「ああ……聞いたことない……し、全然想像もできない」

「そりゃあ想像できないでしょうね。凡人が神様の奇跡をもらって億万長者の仲間入りできる確率は、年末ジャンボ宝くじに当たる確率の何百倍も難しいかもしれないわね。私だって信じられない。でも、流れでなんとなくこうなっちゃった……。それはそうと、信じられるものの話をするわ

ね。今日水さんが私と再会して驚いてビックリするのは十分に信じられた。だってね、今日水さんがここにやってくることは実は知ってたの。ふふ、ごめんなさいね。いろいろと話したいけど、今は面接中だし、今晩ここに来てね」

そう言うと、地図の書かれたメモ用紙を渡し、甘えるように悪戯《いたずら》っぽく横目で水を睨《にら》んだ。別れた十五年前よりも若々しく魅力的である。

「ひょっとして、私に変なわだかまりがあるなら、別にいいのよ」

「それはない。行くよ」

「じゃあ今夜七時半、これもうちの会社なんだけど、東京ハッピーホテルのロビーでね。……あ、就職試験は合格よ。私からのプレゼント。頑張ってうちの会社で働いてくれる……わよね？」

「ああ、おまえさえ、よきゃな」

「あの……。会社の中では、おまえなんて呼ばないでね。私のことは社長って呼んで。それから、元夫婦ってことも口外しないようにして。その方が、お互いやりやすいでしょう？」

「そりゃあそうだろうな……」

「じゃあ、今夜遅れないようにね。はい、面接試験はこれで終わりです」

そこで、また由美はニカッと笑った。

ハッピーカンパニー・ショパン&シンデレラ。

これが、麻丘由美代表取締役社長を頂点とする全国一万五千人の従業員を持ち、海外に二十五の支店を持つ会社名である。

エステ、輸入雑貨販売、化粧品、リゾートホテル、それから、佐藤が職探しにやってきた老人介護のホームは全国二十五ヵ所に点在する。

それから、由美の仕事の肩書きには、他にもスピリチュアルカウンセラーと、日本女社長ガッツの会会長とある。


佐藤はこの日アパートに帰ると、同居人の田頭紀香から元女房の由美の説明を受けた。

十年足らずの間に小さく立ち上げた会社がみるみる大発展し、カリスマ女社長と呼ばれ出したかと思うと、あれよあれよというまに全国屈指の大富豪になったこと。

テレビ・雑誌などマスコミにいっさい顔を出さないが、シ、ョ、パ、ン、&シ、ン、デ、レ、ラ、の素、敵、な、お、ね、え、さ、ん、――という長い長いペンネームでベストセラーも立て続けに出版し、

「神は果物を造り、人間は胃薬を造る」

「今日も元気なアホの二代目」

「酒人《しゅ》公～酔ってる奴にはかなわない」

――と、全国に笑いを提供していた。

知らぬは元亭主ばかりなり。

今、化粧品のテレビＣＭで流れる「ＯＬ理奈のダイエットブルース」という曲、その作詞家「唇否（くちびるゆがむ）」も、実は麻丘由美であり、このＣＭに登用した、やや肥満気味の武井理奈をオーディションで採用したのも由美である。

ともあれ、由美の方は水とは正反対にやることなすこと当たり続け、話を聞けば聞くほど、水は由美が由美でないような気がした。

十年余りの結婚生活をいくら掘り起こしても、どこにそんな才能が眠っていたのかと思う。心当たりなど、何一つ思い浮かばなかった。何しろ、文章を書くところはおろか、本を読んでいるところなど、ただの一度も見たことがない。

ホテルのバーで

そんなことを思い浮かべながら、佐藤は由美に言われたとおりに、東京ハッピーホテルのロビーに約束の時間より三十分も早く足を運んだ。

一流ホテルのロビーに一歩足を踏み入れると、右に左に流れる人波が、何か場違いの人間が別世界に迷いこんでるよ――と囁《ささや》いているような感じがし、心を落ち着かせようがなかった。

そんな中、遠い昔に個人のスーパー佐藤商店を始めた頃、従業員が水と由美、それに看板娘山本峰子の三人だけの小ぢんまりとした店を経営していたとき、Tシャツを着ていた由美の笑った顔を佐藤は思い出していた。

オリジナルのTシャツを造るのに、スヌーピーの大きな口を開けて笑っているイラストをどうしてもプリントアウトしたいと無邪気な笑顔で、子供みたいな仕草をした。それを回想していたそのとき……。

ホテルの正面入り口にリムジンが静かに停まり、ホテルマンに敬礼されてドアが開かれると、中世の貴族が着るような艶《あで》やかなドレス姿で降りてきたのは由美であった。

まるで映画のスクリーンから飛び出してきたような衣裳で、運転手にそのまま帰るように手で合図すると、水の方に手を上げて大きく左右に振った。

二人の過去に何もなかったような笑顔だ。

「ごめんなさい、待った？」

「いや、ついさっき来たところだ」

遠い遠い昔、二人の婚約時代からと同じで、待ち合わせ時間より水はかなり早くから来て待ち、由美は五～十分遅れて来る。

長く待つが、なぜか「ちょっと」と答える。

「しかし、こんなところに不似合いな男が突っ立っていると、長くも感じたわ」

由美は目でクスッと笑った。

「お食事は私に任《まか》せていただける？　ふふ、心配しなくても、割り勘にして――なんて言わないから……」

水は、由美のきらびやかなドレスや高級なバッグや装飾品を見ながら無意識に後退《あとずさ》りしながら、

「おまえ……変わったな……」

――と、つぶやいた。

「そりゃあ変わるわよ。十年以上も月日が経ったんだもの……水さん……」

「ん？　なんだ……？」

「あなた今、心の中で私のこと、老《ふ》けたなあ……小皺ふえたなあ……って言ったでしょう？」

悪戯《いたずら》っぽく横目で睨《にら》むと、由美は水が返答する時間も与えずに、矢継ぎ早に喋った。

「いいのよ。人間って思ってることをなんでも正直に口に出して言ってたら、日本中トラブルだらけになっちゃうものね？　あっ、ここのエレベーターに乗るわよ」

水は、ハリウッドの国際派女優についていく小犬にでもなったような錯覚を起こした。

人間は金ではない。

しかし、身につけているものの総合計金額が百倍くらいに差をつけられると、いじけるのが好きじゃない者でも、さすがにいじけてしまう。

（cf.佐藤水・スーツ、腕時計、下着、財布など、総合計七万八千二百円。麻丘由美・ドレス、宝石、バッグなどで総合計七百九十二万円）

由美は、そんなおどおどした水の素振りを笑いながら見つめて言った。

「水さん。もっと堂々としていて。月に一度だけ恋人がわりをしてくれる夢君っていう子がいるんだけど……六本木の『スマイル・コレステロール』のナンバーワンなの。その子はまだ二十三歳だけどデーンと構えてるわよ。この世界に入って一年余りの子よ。病は気からっていうけど、貫禄も気からなの。だからもっと胸張っててね」

「……うん。頑張ってそうするか……」

「ふふ。たまに説教したらお腹すいちゃったわ。夜景でも見ながらお食事しましょう。水さん、素敵な夜をもっと楽しみましょう」


スカイビューバーとか呼ばれる場所に足を踏み入れると、誰もが由美の方を見て、深く一礼する。日本中を飛び回る社長が来たときは、こういう対応をしろと教え込まれたとおりにする。

社名の一部にもなっているショパンの曲を一流のピアニストが奏でている。

由美は、自分のホテルというより、我が家にいるようなくつろいだ顔つきで、

「とりあえずドンペリを二本。それからおすすめのメニューをてきとうに持って来てくれる?」

と、優しい声でオーダーをした。

「水さん……。元気にしてた……?」

「元気だった理由《わけ》ないだろう。おまえと別れてから勤めに出た会社、三社も倒産して、全くさっぱりの貧乏暮らしだった……」

泣きたいほどの苦労話が始まりかけたが、由美から返ってきたのは青空のような笑顔だけだった。

「貧乏の海で海水浴してたら溺《おぼ》れかけてたのね? ご苦労様でした。でも、そんな暮らしを楽しめなかったの?」

「楽しむ？　どうやって？」

「笑いながら溜め息ついたり、ビートルズの『ObLaDiObLaDa』や『I've Just Seen A Face』の歌を頭の中で聞きながら愚痴を言ったり聞いたりしている内に、貧乏神が居心地悪くなって引っ越しするのよ」

楽しそうに喋る由美とは反対に、まだ硬《かた》さのとれない水に、由美は笑いながら尋ねた。

「十五年って、過ぎてしまえば早いものね」

「そうかもしれんな」

「でも、いろいろな出来事、信じられない奇跡、夢か幻のように叶《かな》い続けたりの連続で、あんまし頭のよくない私は、なんで水さんと離婚しちゃったかも忘れちゃったわ……」

「……何が言いたいのかよくわからんが……？　今日は、恨み事の一つでも言われることは覚悟して来たけどな……」

「恨み事――？　人生は短いのよ。そんなつまらないものに時間さいてちゃもったいないでしょう？　執念深い・愚痴・言い訳・悪口……なんてものは、うちの会社では一つにつきマイナス五千円なの。ちゃんと給料明細書の下に書いているのよ。アナタハ愚痴ガ多イノデ五千円マイナスデス――って。本当は給料で引かれるより、もっと本人は損してるんだけど、気づかない人が多いのね。……駄目だ。また社長のお説教モードになっちゃったわね。……そんなことより、あれから素敵な女性《ひと》現われなかったの？」

「まあ成り行きで一緒に暮らしているのが一人だけいるけどな。ほぼ二十も若い娘だが……。まあ一人だけ……」

「一人でいいわよ。回教徒じゃないんだから……。何人もいたら問題を起こすし、そうなったらどこから手をつけていいか頭がこんがらがって、中年複雑ノイローゼになっちゃうわよ」

「中年複雑ノイローゼ……。そんなものがあるのか？」

「まさか……。出鱈目に私が言ってみただけのものだもの」

由美は終始笑顔を崩さない。

それは、十五年の年月が流れたせいではなく、由美の変貌のせい、心の持ち方が百八十度変わったからである。それについては、あとで気が向いたら説明するとしよう。


さて、身なりもそうだが、この由美の屈託のない、多くの人を引きつけてしまう魅力的な笑顔は、水にとっては何か別人と話をしているという感が拭《ぬぐ》えなかった。

水は、そんな心の中を読まれまいと、それだけに集中して、心の中を隠したまま尋ねた。

「そういう社長は……」

水はついここでうっかり社長と呼んでしまったが、由美はすぐにプイと怒った素振りをして、

ほっぺたを膨らませた。

「会社の中では社長って呼ぶように言ったけど、こうして二人っきりのときは、社長なんて呼ぶのはやめて」

「すまない……気をつける……。で、人のことより由美の方はどうなんだ？」


「私ね、日本女社長ガッツの会っていう平均年齢四十五歳の会の会長してるんだけど、その女社長さん達と同じで恋愛オンチなの。本命の前では、純情な中学生みたいでドンくさいの。ビジネスでは成功し続けてる彼女達も、男との関係では失敗の連続って女性だけなの。でも社長なんてものやってると、いつでも笑ってなきゃいけないのね。そういう時は、ホーホケキョと言って笑うの。ガッツの会では、ホーホケキョは鶯《うぐいす》の笑い声だと勝手に決めてるの。気持ちが負けそうになった時は、お互いにホーホケキョと言って笑う決まりになってるの。だから、女社長ガッツの会なんてものは、本当は泣きたい者が集まってグデングデンに酔ってクダをまいてもいい一日っていうのを作っているだけのこと。長くなりました。私もそんな一人っていうだけの話」

「社長という仕事もいろいろとストレスが溜《た》まるってことか……？」

「一言で片付けるならそうかもしれない。でも、女社長ガッツの会の会員の女性《ひと》の方のストレスは良質で、ポジティブなストレスだから、明日になればコロッと回復するストレスしか持ってないの」

「ストレスにポジティブなストレスとネガティブなストレスとあるのか？」

「そう、あるの。コレステロールに善玉と悪玉があるみたいなもの。あいつのせいで、会社のせいで今自分はこんなにストレス溜《た》まっちゃった……というのが、ネガティブなストレス。責任他人論の人のストレス。反対に、私はこんなに素晴らしいのに、どうもうまくいかないのは、きっと神様の無邪気な悪戯《いたずら》ね、私をためしているのね……。こういう能天気な責任自分論のストレスがポンティブなストレスね」

「なるほど……。で、スピリチュアルカウンセラーって仕事もそんなことを喋っているのか？」

「あの仕事は、必死な相談者のために私が経験したことで何かお役に立てそうな話があればと、そんなことだけを思い巡らしてする脳の中の格闘技ね。だから、何を喋ったか、何をアドバイスしたかは半分以上覚えてないの」

「そうなのか……。しかし、想像がつかないな。おまえが先生と呼ばれて親《した》われている姿なんか……。それで、まさか法外な金額をとっているんじゃないだろうな？」

「お金はもらってないわ」

「もらってない……？」

「ええ。一円ももらってないわよ——というよりもらえないわ。仕事の合間に、知り合いの方から、この子の話を聞いてやってくれるかって頼まれたときに、少し相談に乗ったのが最初。その子が見違えるように元気になってね、周りの人を明るくするようになるとすぐに玉の輿に乗ってセレブな奥様になると、私はキリストや空海みたいに言われ出して、次から次に頼まれるようになって……。はっきり言って半分は嫌《いや》な人。自分の生き方を真剣に考えている人にだけ、少し力になってあげられたらいいな……くらいでやってるものだから、お金はもらわないの」

「う〜ん。本職じゃないってことか？……で、何人くらいの人間を見たんだ？」

「五十七人。ひょっとしたら前世からの因縁でこの方と出会ったのかなあ――なんて勝手に想像してるので、五十七人ともどんな方か、名前も将来の夢も今の生活の不安も、みんなメモしてるわ。ほとんどの人は素敵に成長しちゃったから、今はもう必要のないモノかもしれないけど……」

「ついでに俺も見てくれるか？　俺も成長できるか？」

「もちろんできるわ。誰だってできる。水さんの場合のコツはたった一つだけね。女性を大切にするの。これからは、女性を大切にするの。そうすれば、今まで経験したことのない素晴らしい未来が待っているわ」

「何か今まで俺が女の人を大切にしてなかったみたいな言い方だな。それにその言葉は、スピリチュアルカウンセラーとして言っているのか？　元女房、個人の由美として言っているのか、どっちなんだ？」

「どちらもよ。水さん、今日は私こんなに着飾っているのに、綺麗とも素敵な服ねとも言ってくれない。そんな一言が頭の片隅にも浮かんでこない男性《ひと》ほど、自分は女性を大切にしてる、ちゃんと生活費やってる――って思ってるのね。こういう男性は、一日一日罪を重ねてるの。そういう風に言ってもらおうと無駄な努力をしない女性も罪を重ねてるの。人を褒《ほ》めるっていうのは、その人の素晴らしさを見つけるっていうのは、人間の義務なの」

「なるほど。そういう意味で、俺は女性を大切にしてなかったってことか」

「そう――。特に水さんの奥さんだった女に、十年経ってお世辞の一つも言わなかったことに、一日の終わりに三分間でいいから懺悔《ざんげ》するっていうのは、これからの水さんの将来を良くするのに、とっても効果的な行ないかもしれないわね」

「…………」

水は、母親や担任教師に叱《しか》られた小学生みたいに下を向いた。

それとは対照的に由美は吹き出しそうになって言った。

「冗談よ。そんな真剣な顔をしないで」

それから由美は他愛のない話を続け、席を立とうかというときに、ニッコリ笑って言った。

「水さん。ウォー・アイ・ニ」

「？　？　？……今、なんて言ったんだ？」

「ウォー・アイ・ニ。中国語よ。あとで調べておいて」

「ウォー・アイ・ニ……だな？」

「そう。今日は、ありがとう。素敵な夜だったわ」


夜は優しく流れた。

＊ウォー・アイ・ニ（我愛你）は、英語のアイ・ラブ・ユーと同じ意味です。

第二章　出　発

「ショパンの優しい音色」の住人と虎勝

あれよあれよで二ヵ月が流れ、あれまあれまの失敗も繰り返し、水はこの職場に少しずつ慣れていった。

水の勤め始めた老人ホームは、都心を離れた神奈川県の湯河原にある。「ショパンの優しい音色」という老人ホームらしくない名前の赤いレンガの三階建てだ。壁を緑のツタが包んで宮崎駿のアニメに出てくるようなシャレた喫茶店みたいな建物で、川のせせらぎ、樹々の木もれ陽、小鳥の囀《さえず》りに囲まれている。

新しい人生は、熱海の近くの温泉街で、肺に入れれば十歳以上若くなったような気になる新鮮な空気を吸いこんで、意気揚々と始まっていた。

住まいは職場から徒歩十五分、安アパートに押しかけ女房の田頭もついてきた。籍を入れる気もない、十代のような甘い恋心もない……が、田頭には水に対する妙な興味と好奇心だけは余りあり、やっぱり当たり前の顔をしてついてきた。

ホーム「ショパンの優しい音色」には、延べ五十人もの介護ヘルパー達が勤めている。仕事前にいっせいに集まる一階の大部屋には、この会社の基本理念の額が飾ってある。麻丘社長の友人で、日本を代表する美人女流書道家、松島喜久子による書である。

一、つまらない説教、反省半分に
　夢見る時間を三倍に

一、たくさん働き　たくさん笑う
　たくさん食べて　たくさん眠る

一、中年は大志を抱《いだ》かず
　ささやかな
　幸福、現金抱くなり

一、嬉しい時の神だのみ
　苦しい時はすぐに寝ろ

一、言い訳も負けおしみも
　さわやかに

ハッピーカンパニー・ショパン&シンデレラは毎日、全従業員が声を揃《そろ》えてこれを朗読してから仕事に入る。

この額の横には、企業経営者というより一九六〇年代、七〇年代のシンプルで可愛いアイドル歌手のような服装と笑顔の麻丘社長の写真が掛けられている。

急成長した企業の代表というと、ずば抜けたカリスマ性の持ち主とか、おっかない顔をして誰をも屈服させるワンマン経営者……というイメージがあるが、麻丘由美社長の場合は、笑顔と思いつきと間の抜けた不思議なユーモアのみで、会社をここまで発展させたのである。

真面目にコツコツ、地味で堅実な人生――というのが大嫌いで、離婚後、由美は古典落語に傾倒し、これからの時代は楽しくなきゃいけない、粋《いき》でなきゃいけないと思い始めた。経営者となり、経営とは古典落語だ――をスローガンにして、それは多くの社員にも浸透していった。社長の方針で黒と紺のスーツは禁止、全従業員は赤か白の服としたから、会社中、派手目な人だらけである。また、仕事中に時間があけば、マイケル・ジャクソンのムーンウォークを踊るか（cf. これができると給料に一万円プラスされる。コーチにプロのダンサーを雇《やと》っており、仕事後や休日には習えるようになっている）、浅田美代子の「赤い風船」を歌いなさい――というとても大企業の社長が社員に指示する言葉とは思えないものが次々と口から出てくる。

往年のアイドル麻丘めぐみと同じヘアースタイルと若い笑顔の麻丘社長の写真を一人の男がしばし眺めて、うっとりとしながらつぶやく。

「この社長はんはなかなかのシャレた詩人やし、ごつうユーモアもありまんなあ。派手な身なりのわりにはイヤミやないし、色気もおますし、何よりごつう美人やし、ほんまにええ女や。わて、こういうタイプめちゃ好きやねん。水はんはどない思います？」

男は口を開けば、女社長由美を絶賛する。

男は年齢四十一歳、二ヵ月前の面接試験の日に、待合室で競馬新聞を広げていたあの気楽そうな男だ。あれは余裕だったのか？　どうでもよかったのか？

男は名を、橘虎勝という。

ちなみに、この男もバツイチである。

この虎勝という名前は、熱狂的、いや狂信的ともいえる阪神ファンの父親がつけた名前だが、本人は皮肉にも巨人ファンであり、自分の名前が全然気に入らない。それに小学校一年のときから競馬ファンの橘は、競馬新聞をランドセルの中に入れ、遠足のときも水筒と一緒に手元から離したことのないほどの「人生イコール疾走《しっそう》する馬」という男で、どうせなら馬勝と名付けてほしかったと真剣に考えている。

さて、馬の話はこれくらいにして、この橘、この老人ホームの住人の強者《つわもの》どもと初対面のときに、なんとなんと……、オナラで「聖しこの夜」を演奏したという、はて、日本に五人いるかという屁名人である。

ちなみに、レパートリーは、あと二曲。

「鳩ぽっぽ」とベートーベンの「運命」である。

この日、アンコールにお気楽に応えた橘は、「運命」を演奏したのだが、実はこれは言葉にする以上に苛酷な重労働なのである。

この重労働の苦しみがわかってくれるのは、天国のベートーベンだけか……と橘は心の中で涙を流しながらの演奏であった。

さて、このホームには、自称四十五年前のスターが二人いる。約一年間だけ活躍した漫才コンビ、瀬戸野花嫁、瀬戸野　姑《しゅうとめ》～本名は池田トモミ、片山美寝子《みねこ》、ともに八十二歳～である。

「美寝子の最初の旦那が三十点、二番目が二十五点、三番目のが四十点で、合計九十五点。あたしの最初のが二十五点、二番目が五十五点、三番目が三十点で、百十点。十五点もあたしの方が勝ってるわね」

「何馬鹿なこと言ってるの。あの一文無しの甲斐性無しの二番目がなんで五十五点よ」

「イケメン……というのも点数に入れると五十五点くらいがテキトーな点数じゃない？」

「ヨソの若い女とできて家出ていくような男は、本当は点数もつかないんじゃないの？」

「あら、自分のことを棚に上げて、よく人のことなんか言えるものね」

……とこんな感じで、口だけは二十代のパワーを持ち続けて老化せず、横で聞いていると漫才していたときのネタより面白く、とりあえずこれが元気の源《みなもと》というところかもしれない。

橋虎勝の「運命」を聞き終えると、池田トモミは言った。

「屁の兄さん。滝廉《れん》太郎の歌（いつの間にか『運命』は滝廉太郎の歌になっていた）もいいけど、三波春夫の『チャンチキおけさ』を聞きたいわ」

「三波春夫ってオバン臭いわね。フランク永井の『有楽町で逢いましょう』よ。兄さん、次会うときにこの歌マスターして、ロマンチックにやってちょうだい」

「……。やったことないので、おねえさん方、一ヵ月後にはなんとか演奏させてもらいまっさ」

あの面接会場で、まずこの男は受かるまい――と確信していた無印中年男が今ここにいるといり大奇跡、ウルトラC、大金星、三試合連続の逆転満塁サヨナラホームランを見せつけられた気がした。

形式、世間の常識、経歴を全く重要視しない、この変な会社ならではの転がりこんだ幸運でもあったのだろう。

しかしながら、佐藤水はどういうわけかこの男と気が合って、いつからか休日には赤ちょうちんに飲みに行くことが多くなっていた。

登山家が山に登るわけは、そこに山があるからだという。同様にサラリーマンが居酒屋に行くのは、そこに酒場があるからである。

酔って舌が縺《もつ》れると虎勝は、会話の半分は月に一度訪れる社長の麻丘のこと。

その話が出るたびに水は返答に困る。

由美の、

（私達が元夫婦だってことは秘密にしてね。お互いその方がやりやすいでしょう？）

――という言葉が甦《よみが》える。

のらりくらりと話題を変えようと試みるものの、虎勝の社長賞讃は、山本リンダではないが、もうどうにもとまらない。

「水さん。ここの社長は、アラブの石油王アブラウールやハリウッドのオスカー男優のハーズレクージーにもくどかれてるって、もっぱら噂されとりまんねん。一晩でもええさかい、こんなええ女と一緒に過ごせたら、もう死んでもええわ――いうくらいの気になりますわいなあ。ほやけど、わてらみたいな貧乏人、雲の上の女性《ひと》が相手にしたりするわけおまへんやろな」

「いや、そんなこともないけどな……」

「なんや、ごつう知り合いみたいな言い方しはりますな」

「いや……。人の噂で、誰にでも分け隔《へだ》てなく接する女性《ひと》だと聞いたんで……」

「ふ～ん。そうでっしゃろか？　ところで水さんは、ここの社長はん、女として見るとどうでっか？　タイプじゃないんでっか？」

「どうだろう……普通かな？」

水は橋虎勝に、

（実はな虎勝さん。前に一緒に飲んだときに話してた地味で控え目な別れた女房というのが、ここの社長、麻丘由美なんだ。想像もつかないだろうがな。俺だって想像つかないし、ドッキリカメラの収録してるのかと、本当に疑ったくらいだ）

——と、口に出してしまえば心も軽くなるかもしれんな……という衝動に何度もかられたが、そのたびにその言葉を飲みこんだ。それゆえ、返事はいつも意図的にピント外れになる。意図的ではない。このときばかりは、職場に二人いる天然と呼ばれる女性が羨《うらや》ましく、なれるものなら少々人に笑われても、自分もそうなりたいと思う。

水は、橘の別れたカミさんの話や、仕事の話、ホームの老人の話、仕事の話に話題を変えようとするが、そんな話はすぐにつまらなそうな顔で遮《さえぎ》り、橘の社長絶賛の喜びに満ちた唇は、いつまでもブレーキを踏むことを知らない。

高いビルを指さし、橘は言った。

「あんなビルの上の階から、庶民を見下ろすように富豪や有名人が集まって、ダンスをしたり、高級な酒を飲んだりしながら、株の話やフランスやイタリアのファッションの話、車の話、クルーザーで世界旅行している話でもしてまんのやろか？」

「さあ——？　そういう世界には、友達一人もいないから……」

「それを言っちゃあおしまいよ。わてかて、大金持ちの知り合いなんて一人もいるわけおまへんがな……」

「ただな、ここの麻丘社長という女性《ひと》は、誰にでも分け隔《へだ》てなく接してくれる人だよ」

水は繰り返す。

「なんや知り合いみたいな言い方しはりますな」

「いや……。そんなことをちょっと耳に入れたから、自分勝手にそう思っているだけだ……」

由美と秘書

一方、こちらは超高層ビルから東京の夜景を見下ろしながら見つめる美女二人は、麻丘社長と秘書の藤田美佐子。藤田は三十三歳。

「美佐ちゃん、お疲れ様。美佐ちゃんのおかげで、今度も商談うまくまとまったわ。美佐ちゃんは、我が社の福の神だわ、ありがとう」

「福の神って、エビスさんみたいな肥満体みたいだから、プロポーション抜群の私は、幸運の女神って呼んでほしいわ、どうせなら。でも、経営が順調なのは、社長の話術と天然のユーモアで人を引きつける才能ゆえだと思います」

「天然……なの私……？」

「はい。純度百パーセントの天然です。おそらく、日本一の天然学の学者じゃないかしら？」

「天然学——？　そんな学問があるの？」

「いえ、ありませんけど、社長がつくりました」

目と目が合ってニッコリと微笑んだあと、由美は再び広がる東京の夜景に視線を落として言った。

「ところで美佐ちゃんは再婚する気ないの？　美佐ちゃん美人なのに……」

「あんなものは、平凡と退屈が好きなつまんない女が夢みるものだわ。私に言わせれば……。はい、この話はこれでおしまい」

それから二人は再び視線を夜景へと焦点を合わせしばらく黙り込んだ。

「美佐ちゃん。私達の仕事って、あの灯りの中に住んでる人達に、少しでもハッピーになってもらおうとしているだけの小さなことよね。でも、ときどき、自分が、あの暖かい、星の数のささやかな幸せな人生から追い出されて、高いところから淋しく羨《うらや》ましく眺めてるだけの人間じゃないのかなあ……なんて思っちゃうわよね？」

「そんなことはありません。社長は、ビジネス社会に必要で、選ばれた方です。だから……」

「私は、そんな偉い人なんかじゃないわ。名もない短大出だし……」

「松下幸之助さん、エジソンさん、お釈迦《しゃか》様、劉備玄徳さん、萩本欽一さん、この中の誰もが東大、もしくはそのレベルの大学を出ていません。偉業を残すのと学歴は無関係です。お笑い芸人の小島よしおではありませんが、そんなの関係ねーです。木枯らし紋次郎風に言うと、ビジネスに学歴はなんの拘《かかわ》りもねえこって――です」

「美佐ちゃん、いつも全く無表情で冗談を言うのね。ふふ、まるで家政婦のミタさんみたいね」

「はい。よく言われますが、それが私の個性です。笑うときも二ミリ以上顔は動きません」

「怒ってるときも二ミリ以上顔は動かないのよね。七年前のあのときも表情、全然変わらなかったわね」

そう言うと、由美は美佐子を見てニッコリ微笑んで言った。


七年前――。

かいつまんでいうと、こんなことがあった。

ショパン&シンデレラの経営が軌道に乗り始めた頃であったが、高級外車からキンキラ光る宝石を体中に鏤《ちりば》めた、レストランの女社長が訪れたときのこと。私の傘の下に来れば、収入は今の五～十倍になるわ――と合併を打診してきたのだ。

右手に五つ、左手に五つ、馬鹿でかいダイヤモンドを、

（ほら、私についてくれれば、こんな素敵な指輪が自分のモノになるのよ）

——と、女の手が、視界の中を蝿《はえ》のように右に左に飛び回る。

麻丘由美は、こういうイケ好かない人間を相手にするときは、笑顔で応対する。

もちろん、好きでそうするわけでなく、これは神が与えた修行だと言い聞かす。自分にそう言い聞かせるが、脳の方は大好きな古典落語の「あたま山」を漫画にした映像が映し出されており、由美はこうして上機嫌をキープしている。

一方、全くの無表情の藤田美佐子は、目の前を飛び回る蝿《はえ》のような指輪を褒《ほ》めて褒めて褒めちぎる。

成り上がりの女社長、年齢は六十代半《なか》ばというところか、満面に笑みを浮かべ、得意顔だ。

そんな女社長に美佐子は言った。

「本当に素晴らしい指輪が、もっと品があってインテリで、魅力のある女性のところに行きたかったって先から私に向かって叫ぶ声が聞こえてきて、うるさくて仕方がないわ。十個も叫ばれると、聖徳太子じゃないからたまらないわ」

そう言うと、両手で耳を塞《ふさ》いだ。

その後も、美佐子は、世間一般には失礼と言われる言葉を、無感情に浴《あ》びせ続けた。

「あなたは、西日本で一番のレストランチェーン『さわやかブルドック』のオーナーの私に喧嘩を売るの？」

キーキー声でがなり立てる女社長を前にして、美佐子は、

「そのエビスさんの耳のようなイアリングも、もう早く帰ろう——と半泣きで訴える声が聞こえてきます」

そんなこんなのやり取りがあって、頭から湯気を出しながら女社長は帰っていった。

それから約半年、「さわやかブルドック」からは嫌がらせやパッシングを受け続けたのだが、この処理も毅然とした態度で、無表情にクールに美佐子は片付けていった。

——そんな七年前の記憶が甦《よみが》えった——

桃太郎の鬼退治ならぬ美佐子の成金退治であった。余談だが、美佐子にホスト退治という趣味もあるのだが、これは気が向いたら近いうちに記すことにする。

紀香の謎

突然、舞台は水の安アパートに移る。

田頭紀香は尋ねた。

「水さん。最近妙にニヤニヤしてるわね。会社で何かいいことあったの――?」

「いいこと――? そんなものがあるわけないだろう」

「ふふ。単純な人は、隠し通してるつもりでも傍《はた》から見てたら、なんにも隠れてないの。会社に、まさかあたしより綺麗な女性《ひと》がいたのかしら?」

タレントの柳原可奈子と瓜二つの紀香は、世間で極上の美人と認められたかのように、美人、綺麗、それと抜群のプロポーションを連発する。

そんな紀香に嬉しそうねと言われるのは、きまって麻丘由美と会った次の日である。

紀香は、由美が佐藤水の元妻だとは気づいてはいない。

しかし、これはお互い様である。

紀香にしても、三年も一緒に暮らしているのに、自分がバツイチを告白するのに、

「結婚? 三年間くらいしてたような気もするけど、もうどうでもいいことよ。美人はいつもミス

テリアスな存在。履歴書をいつも持ち歩いているような女は魅力ないでしょう?」

――と、やたらに言葉の中に美人をはめこんで、全てを煙《けむ》に巻く。

水も、素性は確かでなくても、まさか指名手配の逃亡犯ではあるまいし、別になんとなく一緒に暮らしている存在――で、満足している。


今日も紀香の元気な朝の挨拶《あいさつ》が軽快に響く。

「おはようございます。今日もいい一日をお願いします」

――そう挨拶する相手は、なんとパソコンである。それから、楽しそうに石野真子の「失恋記念日」の替え歌の「離婚記念日」を歌い終えると、

「水さん。目玉焼きとハムとトマトジュース作ってね。出された料理は、文句を言わずに感謝して食べる、私はとってもいい女ね」

「……」

この自称いい女は、水のところに来てから、一度だって料理をしたことがない。

最初は、温厚な水も、

「女なら一度くらい、簡単な手料理くらいしたらどうなんだ!」

――と、叫んだことがある。

だが、全く平然と、

「私って料理というものに全然縁がなかったみたいね。縁がなかったものは、アキラメがつくのも早いわわね。全く、おかしくて笑っちゃうわね」

――と、ぐうたらの言い訳を縁で片付けると、大口を開けてケタケタと笑っただけであった。

水がイライラすればするほど、この女は逆に面白くて面白くてしょうがない素振りを見せるので、怒っただけ自分が損だと、水は今では悟りの領域に入っている。


「水さん、今日は私、少し早く出掛けるわ」

「どこへだ?」

「東京のどこかにいるから心配しないで」

どこに行くかと聞くと、田頭紀香は東京のどこか――としか答えない。

「何をするんだ?」

「楽しいことをして今日一日を過ごすわ」

何をするんだと聞くと、楽しいことをすると答えるだけで、何をするのかも全く語らない。

ショッピングではないようである。ここ五年間、デパートには足を踏み入れたことがないと言っているからだ。どんな暮らしをしてきたのか、しているのか、水にはさっぱり理解できない。

たまに、昔のキャバクラの仲間と一緒に飲みに行くからとＴＥＬがあり、真夜中に飲んで酔っ払って帰ってくることがある。しかし、頭の先から足の指の先まで見渡しても、二秒で紀香がキャバ嬢でなかったと見抜ける。しかも、五年間ナンバーワンだったという「哀しいダイヤモンド」という店など、どの電話帳にもなければ、東京のどこにも存在しない。

平気で嘘を口にし、その嘘の世界に酔っているときは、リアルな描写をする。たとえばテーブルが何席あり、店の中には何十人のキャバ嬢がいて、お酒は一本いくらするのが何本置かれてありといった具合だ。そのときの晴れやかな表情を見ていると、水はこの嘘を本当のように聞いてやって相手にしてやろうと、出会った頃には全くなかったゆとりみたいな心情も湧《わ》いてきていた。

水が出勤し、一時間余りして紀香が出ていく。傍目《はた》には夫婦か、あるいは親子に映っているのだろうか？　ともあれ、二人とも、人の目など全く気にしてはいない。

特に水は、この変な女に調教されてか、楽天家の端《はし》くれにしてもらったことで、紀香同様、人の言うことなどどうでもよくなり、仕事を楽しむだけが、とりあえずの今の自分の人生……と思えるようになっていた。

紀香は満員電車が嫌いだ。

たくさん人がいるからである。これが嫌《いや》で結婚して、家の中に閉じ籠りたい……というのが、紀香の最初の結婚の一番の大きな理由であった。

満員電車は嫌いだが、電車が嫌いなわけではない。すいている電車は大好きである。

鈍行電車は、紀香にとって思い出の缶詰めのようなものである。

まず、幼稚園の頃、母親に連れられて乗ったのが、たった二両の電車だった。

平凡なある日、紀香は後の人生に大きな影響を与える風景と出会った。といっても、別に格別珍《めず》らしい風景ではない。

紀香と視線が合ったのは、やっとヨチヨチ歩きできるようになった女の子。この屈託のない笑顔が紀香の瞳に強烈に焼きつき、あるいは潜在意識に焼きついたといった方が正確かもしれないが、二十年以上の月日が経《た》った今でも鮮《あざや》かに記憶に残っている。

その子の母親は、娘とは対照的に不機嫌にブスーとしている。

女の子は紀香の方に近づき、紀香の前で踊り始めた。テレビアニメの主題歌のダンスだろうか？楽しくて仕方なく緩《ゆる》みっ放しの笑い声である。

たった二駅の間だったが、近所で毎日顔を合わせているような、大の仲よしの二人といった空気が漂っていた。

その女の子の母親は終始無愛想なままで下車していった。

「どうして、あの子のお母さんの方は笑わないで怒ったような顔をしてるの？」

紀香の母親は、知らない人間がどんな理由で不機嫌なのか知るわけもなく、その前にそんなことはどうでもいいので、

「さあ？」

――で、興味なく返事をすまそうとしたが、紀香が執拗に尋ねるので、

「あの女性《ひと》はね、今日はお家《うち》に笑顔を忘れてきちゃったのよ」

――と、思いつきのいい加減な返事をした。面倒なのでそう答えたのだが、子供はときに大真面目に聞くから厄介な生物である。

電車に乗って、人の表情をジロジロ見るのが一番の楽しみとなった紀香は、誰彼関係なく近づいていってニッコリ微笑んだ。

女子高校生の三人連れは、

「なんなのこのガキは――。生意気なガキね」と舌打ちする。憎たらしそうに見下ろす視線もなんのその、紀香は以前会った幼女のように笑ったまま女子高校生を見上げて言った。

「あたしは生意気なガキじゃなくて、愛想のいい可愛いガキよ。それより、お姉さん達も笑顔をお家に忘れちゃったの？　それとも学校に忘れちゃったの？」

——という感じで誰にでも話しかけた。

そんなある日。

見るからにヤクザとわかる彫《は》りの深いサングラス男に、紀香はなんの気がねもなく近づいていった。母親が、こちらに戻ってこいという手をふりほどいて、ニコニコ笑って男の前に立っていた。

五歳の紀香は、ただ一度きり出会った人生の師の幼女の真似をして、ヤクザの前で踊り出し、ときどきチンパンジーや猫の動きを取り入れながら笑い転げていた。

ヤクザという職業は笑わないのも仏頂面しているのも仕事のうち。非常にやりにくい、予想もしない人間が目の前に現われたわけだが、最後には笑いながら下車していった。

そんなこんなで、紀香にとっては同じ車両に乗る人間は皆兄弟。小学校に入学する頃には、妄《わらわれ》の辞書に遠慮、人見知りの文字はない——というレベルの図々しさにまで到達していた。

この頃身についた感覚が、

「鈍行列車はいつでも笑っている。楽しんでいる。新幹線やジェット機は無口にセカセカと人間を

A地点からB地点へ運ぶだけの物体である。が、鈍行列車の車両という空間に乗り合わせた人同士は偶然の出会いではなく、前世からの因縁による引き合わせである。その出会いを鈍行列車は喜んでおり、耳を澄ませば、その笑い声が聞こえてくる」

——というヘソ曲がりの変人坊主のような考え方は、三十歳を過ぎた紀香の心の奥で全く変化していない。

今日も同じ車両に乗り合わせた人には、どんな人にもニッコリ微笑みかける。

「どこかでお会いしましたかしら？」

——と尋ねられることもしばしばである。

しばらく電車に揺られ、電車を乗り継いで田頭紀香は都心のビルに入って行き、エレベーターに乗ると、五階で降りた。

扉を開くと、全員がこちらに視線を注《そそ》ぎ、

「おはようございます。美人社長の紀香ちゃん」

「おはよう。ミスター二日酔いの日浅部長」

「おはようございます。美人社長の紀香ちゃん」

「おはよう。自称内気な経理の由維菜《ゆいな》ちゃん」

ジーンズ、トレーナーにスニーカー。元気なおばさんがジョギングに出掛けるような恰好でニコニコと入室してくる三十過ぎの女が、一企業の社長であるとは誰も気づかない。もちろん、一日一日が目の前の仕事にきゅうきゅうの水は、押しかけ女房の正体が女社長だとは想像したこともない。

同様に、この会社の誰もが、社長田頭紀香がどこに住んでいるのか知らなければ、預金残高五十万円のさえない中年男、水と安アパートに暮らしているとは気づくはずもない。

紀香を社長とする会社名は、株式会社「冗談」である。大変覚えやすい漢字二文字の会社名の冗談という名前は、冗談ではなく正式な正真正銘のものである。

社内の人間を呼び合うのも、「厭味大臣、森実博係長」とか、「セクシーアイドル清水ねえさん」とか、皆でネーミングを決めて、必ず誰もがそう言うようになっている。

さて、美人社長の紀香ちゃんの冗談が何をしている会社かというと、全国からジョークや可愛い言い訳や爽《さわ》やかな愚痴を寄せ集めて、それに値段をつけて買いとり、それを別の人に売るのである。

たとえば、五木ひろしの「よこはまたそがれ」の

♪あの人は行って行ってしまった
　あの人は行って行ってしまった
　　もう帰らない♪
――という歌を
♪カオリちゃんは行って行ってしまった
　お嫁さんに行って行ってしまった
　　もう帰らない♪
――と、七割が本気で三割冗談で熱唱していたアホな奴がいた。
――というメールが（株）冗談に届いたとすると、冗談のスタッフが全員でこのジョークの価格を決める。仮にこれが五百円で買われたとしよう。
　これが冗談のホームページで、今日はスナックで歌えるホステスさんにもウケる替え歌入荷しましたと宣伝され、中身がわからないまま信用して一般の人が七百円でそれを買うというシステムである。

　また、昔々の龍角散のＣＭに、
（……と日記には書いておこう）

という素敵なものがあった。

このCMを真似たものがある。一家の大黒柱の死に際の床の前で、もう喋ることもできない男の代わりに弁護士が遺言状を朗読することとなった。

「今まで一度も言えなかったが、妻フクミのことは、果てしなく愛していた」

妻フクミは、ずっと瞼に涙を溜《た》めて、それが零《こぼ》れ落ちないようにと堪《こら》えるのに必死であった。

ずっとずっと無愛想で生きてきた男の口から出た言葉は心にしみ渡る。

「それから息子博に重政。娘操。素晴らしい子に育ってくれたのは誇りに思う。本当に心から感謝している」

生まれてきてから一度だって褒《ほ》めたことのない父親の言葉に息子、娘は唇を噛みしめていた。

しばしの沈黙があり、弁護士は最後の一文を読んだ。

「……と、遺言状には書いておこう」

普通、売り言葉に買い言葉というのは喧嘩の常套句だが、（株）冗談ではそのままビジネス用語となっているのである。

情報量と、新しいネタが入ってくるかというのが生命線であろうが、「そんなことができるか、成功したとしても一時期のものだ」と言われながらここまで会社を大きくしてきたのは、成功の最大必要要因をクリアできているのであろう。

それは何かというと、多くのカウンセラーやメンタルトレーナーが主張している、社長が能天気で丸っきし根拠のない自信を持っていることである。

それともう一つ、紀香のいいところは、欠点は全く無視できることである。これは自分ばかりでなく、人に対してもそうである。

麻丘由美が社員に対して発する「反省するのはちょっとにして、夢見る時間を何倍も持ちましょう」――というのに似ている。

田頭紀香は十一時に出勤し、二時に退社する。退社してから何をしているのか誰も知らない。そのため、幽霊社長とも呼ばれている。笑い上戸で恨み事ゼロの幽霊らしくない幽霊である。さらに、少し肥満気味の幽霊でもある。

その幽霊にもうすぐ来客があるらしい。

「美人社長の紀香ちゃん、もうすぐ若狭百恵って方がここへ来られるという電話がありました」

「百恵が来るの？　また、妙なものでも造って、嬉しそうに見せびらかしに来るのかしら？」

紀香の親友の若狭百恵は、知らない間に我が家のように入室しており、紀香の背後に立っていた。

「妙なもので悪かったわね。斬新なアイデア商品と言ってほしいわね。とりあえず、ここは皆が働いてるところだから、社長室に行ってコーヒーでも出してもらってお話でもしましょう。あなた、社長室にコーヒー二つ持ってきてちょうだい」

そう言って若狭は、初対面の女社員に軽く用事をいいつけた。

「お茶でもお出しして——っていうのは、お客様を迎える方が言う台詞《せりふ》よ。相変わらず図々しいわね。ごめんね、清純派アイドル井門ちゃん、コーヒーいれてくれる？」


若狭百恵は、玩具店グループの取締役社長。

今の体型を見ると、田頭紀香と同じアンコ型の肥満女だが、信じられないけれども元宝塚の、将来を期待されていたダンサーであった。

スケッチブックにダンスの際の手足の線などを何枚も書いているうちに、この動きを人形にやらせられないかなあ——という思いつきを話していると、それを聞きつけた小さな街の玩具店の店主が仕事そっちのけで宝塚人形を完成してしまった——というのが百恵の転機となった。

例の♪すみれの花♪と歌いながら何十人も女性が並んで足を高く上げる踊りを、十の人形が肩を組んだ状態で足を上げて踊る商品を道楽で売ってみると、なんとこんなものがマニアに売れた。

若狭百恵は、自分で踊るより、人形がユーモラスに踊る姿に魅了されていった。

そんなある日、

「あのエリマキトカゲが二本足で走っていくの、あれがラジコンでできたら面白いわね」

――と半分冗談で言ったのに対し、街の玩具店店主は、三ヵ月かかってこれを造り上げた。

これがヒットすると、百恵は狭き門を突破して入団した宝塚歌劇団をソソクサと退団した。

こうして二人で楽しみながらやってみたものが、いつしかちゃんとした仕事となり、会社となり、今日従業員二千人の企業となったのである。

街の小さな玩具店の中で仕事もせずにプラモデルばかり作っていた中年ぐうたら男の夢野唐揚（四十三歳）は、今は会社でナンバーツーの副社長であるが、会社経営など丸っきし興味なく、相も変わらずプラモデルばかり造っている。


この日、若狭が持ってきたのは夢のコイン。

五センチの円で少し厚みのある十円玉の模様が描かれてあり、手にとって机を三回叩いて裏返すと十円は百円の模様に変わっており、さらに机を三回叩くと百円が五百円玉に変わるというものである。

「どう紀香？」

「よくできてるわね。手品ね。でも、すぐ飽きちゃうし、商品にはならないわね」

「やっぱりそうよね。私もそう思ってたけど、何か可愛くて、ボツになる前に一応誰かに見てほしくてね、ここに持ってきたの。それよりね、今日は違う話があってきたの」

「……なんなの？」

「紀香、日本女社長ガッツの会って知ってる？」

「名前だけは知ってるけど……。小難しい経営理論や国際情勢や株の話なんかするんでしょう？」

「私、先月に誘われて入会したんだけど、そんな立派な勉強会なんかする団体なんかじゃないわ。飲んで、芸能界の話をしたり全国・世界のおいしい店も教えてくれたりとかで、いろいろなことで役立つわよ。紀香も入会しない？　別に入会金も年会費もいらないから……。ね？」

「じゃあ、一度行ってみようかしら？……でも立派な社長さんだけが集まってるんでしょう？ちょっと気がひけちゃうな」

「紀香。あなただって立派な社長よ。それにまるで控え目な女性みたいこと言うのね。似合わないわよ、全然」

「……。図太いアナタにだけは言われたくないわね」

「ハハ、図太さなら紀香が横綱、私は小結だけど、まあいいわ。善は急げ、宴会も急げね。明日、集まりの日だから、時間あけといてね。皆には連絡しとくから」

月一度のペースで、忙しい仕事の合間を縫《ぬ》って麻丘由美は佐藤水と過ごす一日を鎌倉でつくっていた。あるときは、ヘリコプターで現われ、あるときはベンツで送迎。服装も女子大生のようなカジュアルな恰好でくるときもあれば、チャイナドレスを着るときもあれば、着物を着てくるときもある。

行く場所も、映画かボーリング、マクドナルドや遊園地や水族館。

まるで青春を取り戻すかのようなところばかりに行き、その間に仕事や離婚後の暮らしなどなど、いっさい話に出てこない。そのことがかえって水を、

(この女は一体何を考えているんだ?)

——と、心を惑《まど》わすのだが、由美の方はそんな水を意に介さず、ただ無邪気に笑っているだけだ。

そんな二人の一日を何回か繰り返しているうちに、イッヒリーベディッヒ、ジュテーム、サランへ……など、世界の言語で愛してるわと言って去っていく元妻に、水は、

（俺はなんでこの女と別れたんだろう？　今の俺のこの安堵感は、愛してるということだろうか？　由美は俺に何を期待しているのだろうか？　一緒に暮らしている紀香は、俺が勤めている（株）ショパン＆シンデレラの社長が元妻の由美だと知ったらどう思うだろうか？　そもそも俺は浮気という罪を犯しているのだろうか？）

——と心の中で問いかけていたが、口に出したりはしなかった。

そんなときは、三回繰り返して言いなさい——と紀香に教えられた通りにつぶやいた。

（それがどうであれ今日はいい一日だ。それがどうであれ今日はいい一日だ。それがどうであれ今日はいい一日だ）

何度も何度もそう言っているうちに、水は本当にどうでもよくなって、いつしか何にも悩まない生物になっていた。

第三章　集合

女社長ガッツの会親睦会

「第十二回　日本女社長ガッツの会親睦会」と書かれた看板の中に田頭紀香は若狭百恵に連れられて入っていった。

フランス料理店の一室を借りきっての夜である。

爽《さわ》やかな笑顔の女性が近づいてきて、

「田頭紀香さんですね。百恵から聞いてます。ようこそいらっしゃいました。ゆっくり楽しんでらしてね」

――と挨拶されると、一枚の名刺を差し出した。

「株式会社ショパン&シンデレラ代表取締役　麻丘由美」。そのあとにこの会の会長とある。

大企業社長ではあるが、全くマスコミの前に姿を現わさないので、名刺を渡されたときに紀香は一瞬ドキッとした。

初対面のときは、相手がどういう女性であれ、紀香は右手を腰よりも下にして、親指を少し立てて、シュガーのウェディング・ベルの、

(私の方がちょっと綺麗みたい)

——の部分を心の中で歌っている。

だが明らかにルックス、プロポーションで大負けしているが、紀香が口を閉ざしてしまったのは、それだからではない。

同居人の佐藤水が勤める会社のトップであること、まさかまさかとは思うけれども、水と同居しているのを知っているのかな……? ということを考えたからである。

あれこれ思いを巡らしているうちに、

(美人は緊張しないの。美人の辞書に緊張という文字はないの)

——を何度も繰り返して言ってきた本人がガチンガチンに緊張して、木彫りのアイヌ人形のように身動きとれない物体Aと化していた。

このメンバーの中で、最年少というのと、会社の規模では周りの女社長よりグンと小さなこともそれに拍車をかけていたかもしれない。

「田頭さん。今日はエリザベス女王もオバマ大統領もレディー・ガガさんも来てませんので、そんなに硬くならずにもっと楽にリラックスして楽しい夜を過ごしてね」

「は……はい」

日本を代表する女社長達がニッコリ笑いながら二人に視線を注《そそ》いでいた。上戸美樹、倉科和加奈、清水ひろみ……など、その誰もが好意的な微笑みでこちらを見る。テレビや雑誌でも何回か見かける顔だが、好感度は、現実に対面するのと、マスコミに登場しているときと違いはない。

倉科和加奈。ブッチャーやスタン・ハンセンの活躍したプロレス黄金時代に、高校生でプロレスの追っかけをしていたが、それがそのまま興行師となり、奇跡のプロレス人気を盛り返した第一人者である。

(サッカーや野球なんてつまらないでしょう。プロレス、プロの喧嘩こそ真のスポーツよ)

——とテレビのスポーツコーナーに出て、熱く語る。

そんな倉科がニッコリ笑って、

「田頭さん。ここに来てる女性は、海外にもしょっちゅう出掛けててね、秋田訛《なま》りのフランス語や、鹿児島訛りのドイツ語とか、面白い言語なんかが聞けるわよ。田頭さんの会社、日本中のギャグや笑える話、変な話集めてお商売なさってるのよね? きっと役に立つと思うわ。ここ、変な人多いから……」

「あら、変な人の一番は和加奈じゃないの?」

イラストレーター上戸美樹が倉科に言った。

ここに集《つど》う女社長達は、全員が、新入りの人物も十年来の友人のように応対する。

それから、酒豪ばかり、全員ハイペースでワインを飲み続け、五秒の休憩もなしに喋り続ける。

「田頭さん。本当は私達の十倍もお喋りなのに、今日はヨソ行きのおしとやかな女性演じちゃって……。疲れるわよ。疲れそうなときは、駆け付け三杯ね。疲れてなくても駆け付け三杯だけと……」

麻丘由美が、雲一つない青空のような笑顔で田頭紀香の大きなグラスになみなみとワインをついだ。

田頭は、ワインをなぜか一気に飲みほした。さほど酒は強くないので、猛スピードで脳が回転し始め、思考する脳と記憶する脳が遠い遠い世界に旅立ったため、ここから一時間ばかり記憶がない。

手術で麻酔をかけられるとき、フワフワと体が宙に浮かぶようなあの感じの中、右や左から人マップの中居君と会えたとか、ジミー大西の個展が素晴らしかったとかいう声がガヤガヤしているが、どんどんと強烈な眠気が襲ってきて、それきり全く覚えていない。

…………

…………

三十分くらい経ったのであろうか？

紀香は、全員の視線と笑い声で、酔ってどこかへ家出していた脳も帰ってきて、急にシラフに戻った。

一体全体何を笑っているのか？　あれこれ推測する前に、若狭百恵が笑いを堪《こら》えながらそれを教えてくれた。

「紀香。大きな口を開けたままでよく寝れるわね。それに嬉しそうな顔で、素敵な男の夢を見てたの？　おいしいフルーツパフェを食べる夢見てたの？　それともＡＫＢ48のメンバーに選んでもらって気持ちよく踊って男の子に声援されてる夢を見てたの？」

「…………」

ここに並ぶ女社長は、世間で成功者と呼ばれる人物なのであろうが、本人達は全然そうは思っていない。周りの人間より相当お気楽な人間だと思っている。自分も右に座る女も左に座る女も、異常に好奇心が強い人間で、あらゆるものに興味を持っている。それから、人を上と下、優と劣に分けることがなく、つき合って損か得か——という風に考えない人種だろうとお互いに思っている。

空に浮かぶ雲にも、神社の賽銭《さいせん》箱にも、昼寝する猫にも、今日初めてここに来て初めて会った田頭紀香にも、同じ優しい温かい微笑みを向ける。

そんな女性達と二時間も同じ時間を過ごせば、昔からの友人のように思える。

あっちでガヤガヤ、こっちでガヤガヤ。

気がつくと、田頭紀香は、知らぬ間に麻丘由美と二人で顔を向き合わせていた。


紀香はボソッと尋ねた。

「あの……。佐藤……水、いえ水さん……ご存知ですか」

「佐藤水さん……？　えーーと、たしか、湯河原の介護ホームで働いてらっしゃる方ね」

わざとらしく思い出してるふりをしてから、天使の微笑みから少しだけピンボリとなった笑顔を紀香に投げかけながら、由美は、

（ひょっとして、この女性は、私と水さんが元夫婦だと知ってて、こんなことを尋ねているのかしら――？　うーん、少し意地の悪い顔をしてるし……。まあいいか。バレてるならエヘヘへで誤魔化せばいいわ）

――と、心の中で勝手に繰り広げられる小劇場でワンマンショーを演じていた。

一方、紀香の方は、

（どうしよう……。一緒に暮らしてま～すなんていうと水さんに迷惑かかるし、ここはバレるまでは、飲み屋でよく会う飲み友達ということにしておいて、バレたらオホホホで誤魔化せばいいわ

……）

そんなこんなで女社長ガッツの会のメンバーの女社長達は、カラオケハウスでの二次会へと若いOLのようなノリで足を運んだ。ほとんどの者は主婦としては劣等生だったが、あるいは数人は現在進行形で劣等生だが、ビジネスやこうして夜遊びをするときは、普通の人間の何十倍も楽しむ。

紀香は、この酔っ払い女社長達の酒豪ぶりに、元横綱千代の富士が現役時代に言った台詞《せりふ》を思い出した。

（幕の内の力士で僕が一番酒弱いんです。一回で一升しか飲めません）

ちょうどそんな感じで、アルコールの方がこの女達の胃袋にK・Oされてしまったようで、紀香以外は体も口も憎たらしいくらいに丸っきり平然としている。

♪幸せいっぱい　悩みなし
　あるのは今日も　うまい酒
♪別れた男は飲みほして
　春夏秋冬　うまい酒

テレビで放送されている麻丘由美の作詞・作曲の日本酒のコマーシャルソングが頭の中をよぎった。

「それじゃあ、いつものやつで始めましょうか？」

女社長ガッツの会の会長の由美の掛け声で一つの曲が選択され、画面にはその歌詞が写し出されていた。

ゲゲゲの鬼太郎。

本当は皆がケタケタ笑いながら手拍子で歌う宴会ソングなどではない。

♪楽しいな　楽しいな
おばけにゃ会社も
仕事も何にもない♪

この歌がなぜか、この会の歌となっている。

それからは各人バラバラで、紀香と同い年の社長の上戸美樹がももいろクローバーZの「乙女戦争」を歌えば、若狭百恵がエルヴィス・プレスリーの「Can't Help Falling in Love」を歌い、さいたまんぞうの「なぜか埼玉」、森昌子の「越冬つばめ」……。

そして、由美に番がまわり、

「紀香さん。私の次はアナタだから、曲決めといてね」

――と、歌の準備を促した。

由美の押した番号で、画面には「六甲おろし」の歌が写し出されていた。

「紀香さん。あたし東京の郊外の生まれなのに阪神ファンなの」

「そうですか……？」

紀香は首を傾けていた。

これは、のちにわかった大きな勘違いだが、野球オンチの紀香は、「六甲おろし」は大根おろしの親戚の料理だと思っていたようで、このときの会話が少しチグハグであった。

「六甲おろし」を歌い終えると、由美は紀香に笑いながら言った。

「紀香さん。最近うちの会社で働いてもらってる方でね、橘虎勝さんて方がいるのよ。阪神ファンにはとても縁起のいい素敵な名前よね？」

「橘虎勝さん……？」

「さっき、紀香さんが飲み友達と言ってた佐藤水さんと同じところで働いてるのよ。二人、とっても仲が良くて、いつも二人一緒に行動してるみたいよ」

「佐藤……水さんと仲がいい……？」

紀香は、水が飲んで帰ると言って、ときどき深夜に帰宅するが、そのときの飲み友達が橘虎勝と聞かされ、急に激しく不規則な鼓動を感じた。

橘虎勝……橘虎勝……虎勝……。声に出さずに心の中でつぶやいた名前は、忘れようにも忘れられない男の名前だ。

あれは八年前、田頭紀香と別れた元夫の名前だった。

由美の若い歌声、アイドルバージョンの「六甲おろし」が終わると、

「次、紀香さん。『失恋記念日』入ります」

――という若狭百恵の声が響いた。

紀香の心は忙しく揺れ動いた。もう誰からも聞くことはなくなっていた名前が、一緒に暮らしている男の職場の中から聞かされるとは想像すらできようはずはあるまい。

心がソワソワよそ見をしている中、紀香は、三百六十五日歌い続けている「離婚記念日」を――画面の石野真子の「失恋記念日」の失恋の文字を離婚に変えていつも通りに……いや、いつもの軽快な鼻歌リズムではなく、あまりに無表情で感情をこめて歌っていた。

女社長達一同は、それはギャグと受け取めていたが……。

十二年前、紀香と虎勝を引き裂《さ》いたのは、千二百万円という臨時収入だった。虎勝は競馬好きではあったが、決して博打打ちなどではなく、平凡なサラリーマンのこづかいから許される範囲の中での娯楽であった。だが、ギャンブルの神の気まぐれな悪戯《いたずら》か、虎勝の脳にピピピと閃く夢の三連単、馬連、枠連、十六頭だての一番十五番人気、二番十二番人気、三番十六番人気⑦〜⑫〜⑯が見事に的中、二千円の馬券が信じられない高配当を引き当てた。

このあまりに大きな幸運の付録が、若さゆえの散財、一年後の二人の離婚であった。凡人に不似合いな幸運がやってくるときは、想定外の妙な付録がついてくるものだ。

さて二人の身の上話は、ここではほったらかしにして、舞台を元のカラオケボックスに戻そう。

紀香が「離婚記念日」を歌い終えると、女社長のうちのバツイチ達は、紀香に対して絶大な拍手を送った。本人が何に拍手されているのか全然理解できずとも、なぜか褒《ほ》めちぎられるときが、一生に一度か二度ある。

「紀香さん、その素晴らしい歌聞いて思いついたんだけど、女社長バツイチ同盟か女社長バツイチクラブなんて名前の集合体つくって、その歌を会の歌にしません？」

冗談で言っているのか、本気で言っているのか、この女達の口から出てくる言葉は読みとりにくい。

　ただ、そんなときも、紀香の頭の中は橘虎勝一色。二度と会うはずのなかった男が、すぐそこに影が見えるような気がするくらいに、あまりに近くにいることに、心は落ち着きを失っていた。

翌朝

　案の定、あくる日、紀香は二日酔いになった。

「水さん。冷蔵庫から水一・五リットルのボトル持ってきて。今日は朝御飯いらないから――。また寝るから。水さんが仕事から帰ってきたら、大事な話があるから……。今日テキトーに会社に行って、テキトーに仕事して、テキトーに帰ってきたら、大事な話しましょう」

「…………」

（二日酔い、それも完全に飲みすぎでツブれた状態で大事な話があると言われても、まるっきし人事な話があるように思えない。そもそも、今晩家に帰ってくる頃には、今口に出している言葉など忘れてしまっているんじゃないのか……？）

　水がそんなことを心の中でつぶやいているときに、田頭紀香は少し水を飲んだかと思うと、アレヨアレヨのボリュームを目一杯上げて高音質の個性的な鼾《いびき》をかいて熟睡していた。

人生は二日酔いだ。

今イチ何が言いたいのかよくわからない格言みたいなもの、無名の美少年作家の泣言遊太郎の短編小説『不景気貧乏左衛門』中のフレーズを思い出し、水は紀香の寝顔を見つめていた。

一方、こちらは麻丘由美。

田頭紀香が二日酔いで不快指数百とすれば、由美のそれは三十くらいというところであろうか？

午前十時。

このやや二日酔い気分のときに、由美の頭脳はさえる。

本日は、介護事業で北海道進出するか否か、取締役全員を集めての最終決定会議である。

由美は、こういうとき、いつも自分の考えで決定しない。取締役の意見をまず聞き、自分の意見は言うものの多数決で決める。

（だって私の会社じゃなくて、従業員みんなの会社なんだから、みんなで決めましょう）

——と、右へ進むときも左へ進むときもあっさりと淡々と語り、会議出席者の中で一人だけニコニコと笑っている。

笑っているだけならいいのだが、取締役の連中をときどき怒らせるのは、

「皆さん。私、今いいフレーズが浮かんだから一時間ほど社長室にこもるわね。皆で楽しく話し合って、結果はあとで知らせてね」

――と、忘年会の宴会でちょっと席を外してトイレに行くようなノリで幾度となく席を外す。


このときに社長室に籠り、創作したのが前にあるコマーシャルソングの作詞である。自社のものもあるが、女社長ガッツの会のメンバーの友人のためにプレゼントした詞が多い。しかも、忙しく飛び回るが、詞が浮かぶのは、いつも会議の真っ最中である。

半分は日本人歌手が日本語で歌い、半分は中国人歌手が中国語で歌うというスタイルをどのCMソングもとっている。日中関係がもう少しうまくいくといいのになあ――と、政治には全く興味のない由美の心の底に眠る願望が、無意識にそうさせているのであろう。

社長室で『美寝子《みね》と馬狸子《まり》の悪妻音頭《おんど》』を書き終えた由美は、お気入りのワインをグラスに注《そそ》ぎ、田頭紀香のことを考えていた。


あの女性は、佐藤水を飲み友達だと言っていた……だが、何か引っ掛かる。佐藤水のことを尋ねてきたときのあの眼差し。あれは決してただの飲み友達などではないだろう。

水と十数年ぶりに再会した日に、「成り行きで一緒に暮らしている。四捨五入で二十歳違うのか家に押しかけてきたのが一人いる……」と言ってた言葉が鮮明に甦《よみがえ》ってきた。う〜ん、きっと紀香さんがそうだろう。

由美は離婚後は、目の前に何が起ころうとも軽やかに生きよう——をモットーとして生きてきているので、そのときも軽やかに自問自答した。

「良かった。自分の元夫が誰にも相手にされないような男だったら、何かコッチまで恥かいてるような気がするから……。良かった良かった。離婚はしてもめでたし、めでたし——だわ」

そう自分に言い聞かせ、それっきり水と二人で過ごす日を重ねても、相手のプライベートの詮索《せんさく》をすることはなかった。それが、近くにいながら、何も知らなかった第一原因であろう。

別に由美は警察の尋問のように水を問いつめる気などサラサラない。十年以上会っていない間に、ただ元気で、お金に困らず、ソコソコに幸せに暮らしてくれてたらいいな——と思い続けていた……のだが、再会してからデートというのか逢瀬というのかを繰り返してきて、同棲しているのがたぶんこの女性かという人物が出現すると、由美は勝手な想像をどんどん膨らませた。

佐藤水は、由美からみると小心者のお人好しの、あまりさえない男。お笑い俳優のベンガルに感じが似ている。……と思って生きていたが、再会してからの水は、表情も豊かに変化して、別人のようになった。由美の大好きな俳優、若き日の林隆三のようにも見えた。

（ともあれ、将来や運命、気まぐれにどっちに転んでも、二人が素敵で粋《いき》な関係でありたいな……）

そんな想いに、

（今の水さんは、ホーム見学させて――と言って遊びに来た若狭百恵の目にも魅力的に映っていたみたい。本人はお金に愛されず、そっぽを向かれ続け、苦労してきたみたいだけど、お金をたくさん持っている女性の心は不思議とつかんでしまう。今イチさえない服装のセンスが母性本能をくすぐっちゃうのかな？）

――という想像が加わり、

（水さんのこれからの人生は、紀香さんと一緒に暮らすのがいいのかな？　私とは月に一度だけ会って、楽しい時間を過ごすのがいいのかな？　ズルズルとこんな関係を続けていくのがベストなのかな？）

――という心の問い掛けに、社長室でワインを口にしながら、アレコレと思いにふける。

一時間くらい、由美はわりとこういうぼんやりした瞑想する時間を持つ。そのため、シャネルのドレスやルイヴィトンのバッグなどには、まるで香水のようにワインの香りが染みこんでいる。

（そうだ。久しぶりに六本木の夢君誘って落語か漫才でも見にいくか。頭もリフレッシュさせる

か）

由美の指は、携帯電話を取り出して、ホストの夢の番号を押していた。

別れの理由

一方、舞台は佐藤水のアパート。紀香は鼾《いびき》の中、夢の中。この苦しみは、二日酔いの神様にお願いして、はやく回復させてください。私は一生懸命に寝ます――というやつである。起きていれば、今現在日本で一番の二日酔いのせいではあるものの、苦しみと闘っているのは自分であると正論のような、エゴイズムな被害者意識に心が支配されてしまう。こういうときは、黙って寝ましょう、おとなしく※――が正解である。

※吉田拓郎の「もう寝ます」よりです。

そういうわけでたっぷりと寝たあと、紀香は虎勝を一目見てみたいという強烈な衝動にかられた。

八年余り会ってない元亭主と再会となると、普通はアレコレと考えるものだ。だが、紀香はいつだって、あまり深く考えずに行動する。

それに、その職場には、一緒に暮らしている水がいる。虎勝が田頭紀香と元夫婦だと知っていたら、水は驚くに違いない。また、佐藤水と田頭紀香が同じアパートで暮らしていると知れば虎勝も驚くに違いあるまい。

しかし、そんなことは紀香にとってはどうでもいいことで、ただ、もう二度と会わないはずだった虎勝の今を見てみたいと心の叫ぶまま行動に出た。躊躇《ちゅうちょ》している間など持たない女である。

水と由美が別れを決意したとき、話せば話すほどすれ違って距離が広がっていって溝が深まっていき、もう話すことなんか何もないわという氷点下マイナス二十度Cサヨナラに対し、虎勝と紀香の場合は感情激昂《げっこう》型沸騰《ふっとう》バイバイ。いつも笑顔が大事と言い続けていた紀香は、虎勝の口撃が止まることを知らず、朝までも続いてたことに疲れたのだ。一生心に残るイヤミの言葉を、最後に心置きなく投げつけてやる――という別れだった。

陽と陰、陰と陽、正反対に見えて、二つは実際、同じようなものである。そのときにはどうにもこうにもならない状態にあったというだけのことだ。ちょっと形が違うだけ。由美の方が紀香より上品で、お嬢様育ちだったということであろうか？

ともあれ、別れなんてものは、十年後二十年後の、あるいは死後の再会のときのハッピーエンドのための前座みたいなもの。離婚の神様が書いた安っぽいシナリオであろう――と現在の由美はそう考えている。

一方、紀香は、この世の別れも運命も一文無しも全ては宇宙の冗談だと考えている。全部を経験してみて、今はそう思う。実は会社の名前を「冗談」にしたのもそこからきている。冗談だから素直に笑っていれば良かったのだ。

十年前、虎勝が何十年に一度というヒラメキで、阪神11Rで馬単・単勝・ワイド・三連単……で全てを当てるという天文学的な勝利で手にした金は一千二百万余りの大当たり。

それからの二年間は、幸運と不運が右に左に、運命が風に流され、東へ西へ。

二十代で千二百万の臨時収入はあまりに大きく、平凡なサラリーマン、ＯＬには得体の知れない不安に襲われたりするものだ。

笑顔評論家のように「笑顔と一年三百六十五日、一日二十四時間、上機嫌でないと」と語る紀香の方が、笑顔の奥で顔がひきつっているのに対し、虎勝の方は能天気な天才バカボンのパパのように爽《さわ》やかに生きていた。

両手にキャバ嬢、甘くて優しい夜。虎勝の勧める中小企業の社長や専務を飛び越え、腕時計はロ－レックス。

舞い上がっていく者は、小鳥の囀《さえず》りが自分のためにあるように、花が自分のために最高の美しい姿を見せつけているように、駅前の旅行会社の海外旅行の宣伝ポスターが自分に語りかけているように感じられた。

こういうお調子者が落ち着くところは、詐欺の儲け話に乗って投資してスッカラカンになるか、一見純情可憐な美人キャバ嬢に貢《みつ》いでトンズラされるかというところである。

虎勝は一年余りに、そのどちらにも引っ掛かり、一千万もの臨時収入は奇跡をみるように預金残高は一万円をきった。

こんなときに大笑いできる男は、よほどの大物か、丸っきしの馬鹿でしかない。

虎勝は、たぶん後者の方に分類される人間なのであろうが、激怒した若妻の紀香に猿のようにキーキーがなり立てられたときも、

「大声でわめいて金が返らねば、家康のもう一歩上の、笑って待とうホトトギス……なんて……」

「つまらない冗談言ってるときじゃないでしょう？」

「つまらないジョーク、話がすべったときでも笑って二人楽しく乗り越えていこうね――って結婚前に言ってたんは、おまえじゃなかったんでっか？　笑顔だけは忘れないようにしようね……って言ってへんかったかいな？　悟った坊主みたいなこと言ってなかったか？」

「程度の問題よ。なんでもシャレにならないところに足を踏み入れたら、それこそ冗談にならないわよ。一文無しなのよアナタは」

「一文無しで生まれてきたんでっから、別に損したわけやおまへんがな。大物の男は、こんなときこそ大声で笑い飛ばしまんねん」

「……一文無しの大物なの？」

「大物の可能性もありますわいな。ソクラテス、リンカーン、トルストイ。皆亭主を全然立てない出来の悪い女を嫁にしたって点では」

「美人で出来のいい女を、アナタの出鱈目な金銭感覚、生き方を私のせいにして、私を亭主を立てない悪い女に仕立てあげたんじゃない？」

「そういうことにしときまひょ。おまえと俺《わて》の夫妻《めおと》も、もうやめさせてもらうわ――というときがやってきたみたいでんな」

「…………」

関西の漫才のような別れの言葉を、グルグルと頭の中で紀香は鮮明に思い出していた。

久しぶりに深酒をして体は疲れ気味だったが、アルコールは虎勝との思い出を、当時は腹を立てたり憎かったはずのやり取りの記憶も全て優しく運んできてくれていた。

田頭紀香は、近くに住んでいながら、ホーム「ショパンの優しい音色」に足を運んだことはない。

ゆっくりと近づいて、素早く携帯で水にメールを打っていた。

（水さん。今そちらに向かってます。この一歩は人類にとっては小さな一歩だが、私にとっては大きな一歩である。……なんてね）

田頭紀香は、猛スピードでメールを打ちながら、もうすぐ着くそこには未来が待っているのかな？　どっちでもいいから素敵な虎さんが立っていますように——という、少しも似合わない可愛い思考に浸っていた。

水さんは、一体全体なんなのだろう？　私にとってどういう存在なのだろう？

さまざまな想いが忙しく交錯《こうさく》しながら、長い年月の影はあっさりあっけなく姿を現わした。

同時に遭遇

ホームの中で、ちょうど仕事を終えた水と虎勝が二人並んで歩いているとき、ふと二人の視界に入ったのが田頭紀香。

紀香は器用に右眼で佐藤水に視線を送り、視線が合ったところで右眼ウィンクをした。その二秒後には左眼で、虎勝に視線を送り、視線が合ったところで左眼ウィンクをした。

その一連の動作が終わると、水は少し首を傾けながら虎勝に尋ねた。

「虎さん、知り合いか？　この女性《ひと》と？」

「まあ、ちょっとだけ……」

「ちょっとだけ……の関係か……？」

「ちょっとだけ……一緒に暮らしたことがありまんねん。世間一般では、そういう関係を夫婦なんていいけスカン呼び方する人もおますわいなあ」

「口数の多い、皮肉とイヤミを言わせたら日本一だったという別れた女房というのが、この女か……？」

「そうでんねん。不幸なことに、それがこの女ですねん」

「いやはや……なんとも。虎さん、飲んでこの女性《ひと》の話になると、別れた嫁なんかに名前なんかいるか。呼ぶんなら豚子《ぶたこ》とか豚代《ぶたよ》でええんでおます――なんか言うてるから、名前は知らんかったけど……、まさかのまさかこの女性が虎さんの元女房とは……」

「水さん、これと知り合いでっか？」

「まあ、真似するわけじゃないけどちょっとだけ……ちょっとだけ」

「ちょっとだけなんでっしゃろ？」

「ちょっとだけ、三年ほどの、ほんのちょっとだけ、この女性と一緒に暮らしているんだけど。なんとなく……」

「料理や家事が0点。愛敬のみ百点。ルックス、プロポーション二十点の押しかけの変な女と一緒に住んでるって言ってはったのがこの女でっか？　水さん……。いやあ。びっくりやわ。水さん。水さんも趣味悪いな。どうせならもう少し綺麗なのと……」

「今は俺もちょっとだけそう思います。はは」

目の前に立つ田頭紀香を無視して、二人は驚いたり不思議がったり、失礼極まる言葉を連射したり、立ち話でも朝まで続きそうに喋り続けた。

紀香は虎を睨《にら》んで言った。

「虎ちゃん、何年かぶりに会ったのに、元気にしてたか？　とか、今何してるの？　相変わらず綺麗だねとか何もないの？　照れちゃって、もう……ひとカケラの感動もロマンもない男ね。こみあげてくるものもないの？」

虎勝は水に真剣な面持ちで尋ねた。

「水さん、この女の顔をどれだけ見続けたら、感動やロマンなんてものが湧いてくるんでっしゃろ?」

「…………」

紀香は、水の顔を見て笑った。

「虎ちゃん。水さんはアンタと違ってお人好しなんだから、そんな質問しても答えられないわよ。ねえ……?」


佐藤水という男は、紀香の言うとおり、声高々と人の悪口を言える男ではない。また、ハメを外して、橘虎勝のように悪ふざけをしたり、飲み会で隠し芸をするタイプでもない。目立たず忘れられず、平凡な幸福に満ちた毎日でありたいと願いながら生きており、それで十分だと思っている。これからも地味な一生を送ると、この地点では確信していた。

平凡でない二人は顔を合わせてから言った。

「さあ、三人で今から飲みに行くわよ。美人の離婚後の暮らしぶりも、今日は特別サービスで教えてあげるわ。迎《むか》え酒になるけど、美人は飲むときは飲む――よね。しかし、昨日はよく飲んだわ、ここの社長さんと」

そう言って、紀香は壁に掛けられている麻丘由美社長の写真を指さした。

さりげなくあっけなく言った言葉に、男二人は、

（なんでこの女と社長が一緒に飲みに行ったりするんだ？　どういうつながりなんだ？）

――と不思議に思い、二人とも、田頭紀香という女のことを何も知らないということを改めて思い知った。


小綺麗な寿司屋に入り、三人は奥の座敷に座った。

とりあえずの生ビールで乾杯すると、笑いながら田頭紀香は自分の名刺を差し出した。

「私はこういう者ですの」

まるでビジネスの商談でも始めるかのように、初めて顔を合わせる者に接するかのように、自己紹介をした。

元旦那と現同居人に対して、名刺を差し出すという行為は、考えてみると妙チクリンである。

紀香は五十枚ほどの自分の名刺をとり出してトランプのようにシャッフルしたあと、二人に、

「さあ、この中で二人とも好きなのを一枚ずつ抜いてちょうだい」

――と手品でも始めるように話しかけると、男二人はそれぞれが一枚の名刺を抜きとった。

一見どれもが同じように見える。

「では、一・二・三でひっくり返してみて」

そう言われて、男二人はせーので名刺を裏返すと、水のひいた名刺の裏側には、小吉とあり、虎

勝のひいた名刺の裏には大吉と書かれてある。

紀香の使用している名刺は、おみくじ付きの名刺であったのだ。

これは、（株）冗談に送られてきた一般の人からのアイデアを買いとったものである。


さて、男二人は、その名刺をしげしげと見つめていた。

水にしてみれば、昔はキャバ嬢でナンバーワンをしてました——という嘘は二秒で嘘と見抜いていたが、だからといって、まさか社長をやっているとは想像もしたことはなかった。

普通、女社長が押しかけ女房のような行動をとったりする理由はないからだ。

一方、元旦那の虎勝は、穴があくほど名刺を見てから言った。

「おまえ、この冗談という会社の存在自体が冗談なんじゃろが？　こんなしょーもない思いつきでおもちゃみたいな名刺つくって……」

「嘘だと思うなら、その電話番号に電話してくれたら一番手っ取り早く理解できるわね。それと……」

「ん？」

「このショパン&シンデレラの美人の社長さん、麻丘さんに聞いてみて。日本女社長ガッツの会のメンバーにも入れてもらったんだから、すぐにわかるわ」

「…………」

虎勝は狐につままれたようにしばらく黙り込み、それから急に笑い出した。

「水さん。笑っちゃいまんな。女は資本金ゼロから企業のトップに、男は中小企業を転々とし、よしゃるぞと拳《こぶし》を握りしめると企業は倒産。今は屁の歌を演奏してお年寄りに喜んでもらってまんがな……でっしゃろ？」

「虎さん。それはそれで立派に個性的に仕事してるってことですって。あんなに皆に喜んでもらってるんだから――」

紀香にはなんの話かわからず、それを虎に聞いてみた。

「あの……、へのうた……ってなんのことなの？」

「オナラで曲を演奏するってことやわ。手品みたいな素人の隠し芸みたいなもんや。おまえと別れてから、喧嘩ふっかけようにも相手おれへんから、暇つぶしにやってたら、何曲かできるようになりましてん」

「ふ～ん。わからないわね。人が五年後、十年後、何をやっているのか、何を考えているのか……なんてものはね」

「それは、こっちの台詞《せりふ》でもありまんな。まさかまさかの女社長とはな……。水さんも信じられまっか？」

そう聞かれて水が思い出す顔は、当然、田頭紀香ではなく麻丘由美である。少し時期がずれているだけのことで、別れた女房が企業を立ち上げ、代表取締役に落ち着いている点では同じである。ただ、長年会ってなかった二人が再会した、いささか込《こ》み入った状況でもあるし、水はショパン&シンデレラの社長由美と自分が元夫婦であることは、まだ秘密のままにしておくことに決めた。

三人は一体全体、大事な話をしているのかどうか――？　飲んで酒が進むと、離婚したのが良かったのかどうか――？　これからどう生きるのか、運命がどちらに転ぶのか――？

三人は、まるでテレビのドラマを解説するように他人事みたいに話がはずんでいた。

「しかし、水さんも趣味悪いでんな。世の中にはこんな綺麗で色気ある女（社員手帳に虎勝が貼ってある麻丘由美の写真を見せて）もいるいうのに、よりによってこんなんと一緒に暮らしてんのでっか？」

元旦那とは、また口喧嘩をするために再会したかのように、会ってそうそうのバトルが始まりそうな気配が漂っていた。

「あら？　美人というのは個人個人の感覚だから、麻丘社長の方が美人という人もいれば、あたしの方がいい女っていう人もいるわ。それに、麻丘社長って日本でも五本の指に入る大富豪なのよ。

虎ちゃんなんて相手にするわけないじゃない。……ねえ水さん」

「いや……。それは……」

佐藤水はよく言えば八方美人の、誰とも諍《いさか》いを起こさない温和な人間、悪く言うと、自分の意見があっても自己主張しない優柔不断タイプの人間。毒にも薬にもならない地味な男は、会話の中で「……」が、多くなる。

麻丘由美が佐藤由美であった時代、つまり二人が夫婦であった時代、由美も水と同じように地味な性格であった――と、少なくとも水は思っている。

それゆえ、田頭紀香や橘虎勝の考えている麻丘由美社長のイメージとは大きな隔《へだ》たりがある。

水が、そんなことを考えているときに、虎勝と紀香の話はアッチに飛びコッチに飛び、いがみあって、ついには離婚届に判を押した過去も遠くに飛んでいって馬鹿騒ぎの様相になりつつあった。

今朝、紀香が珍しく真剣な表情で、

「水さん、夕方に大事な話があるの」

――と言っていたのは、おそらくこの元夫、橘虎勝と再会することに、いくらかの憂《うれ》いを心の中に秘めていたからであろう。

馬鹿夫婦の会話は、夫婦漫才よりも面白い。

夜は笑い声が絶えることなく、楽しく流れた。

妙チクリンな因果

二週間の月日が流れ、表向きは昨日までと全然変わらない毎日が繰り返された。

まさか一緒に暮らしている女と、同じ職場でずっと顔をつき合わせている男が元夫婦で、しかも目と鼻の先に住んでいたこと。二人ともが今は相手に興味のない風に語っていたのが、いざ実際に再会すると、いつ会話が途切れるのか——というくらいに喋り続けるという事実に水はニッと笑った。

妙なつながり、妙な縁だ……。

ここ数日は紀香はずっと帰りが遅い。虎勝と会っているのだろう。

虎勝も仕事の終了時間となると、時計の針ばかり気にしてソワソワしているのが、傍にいる者にはすぐにわかる。単純な男はすぐに顔に出るからだ。

水は思った。

（楽しい三年余りだったが、そろそろ紀香を虎勝さんに返す時期になったのかなあ……？）

水は、紀香に、

（ここ、出て行ってもいいぞ）

――で別れの言葉はいいかなあ、あっけないけど――なんてぼんやり考えていた。

そのとき、携帯電話が水の目をシャキッと覚ますように鳴り始めた。

着信音は、お座敷小唄。この歌は縁起がいいから――と、由美が勝手に替えた着信音である。わざわざYOU TUBEで探してきた、少し意外な藤圭子が歌っている歌である。

水が携帯を手にとると、電話の声は案の定、由美であった。

「水さん？　元気？　今ね、フランスから帰ってきたところ」

「忙しいんだな、相変わらず」

「まあね……。水さん、明日仕事終わったら少しつき合ってくれる？」

「突然だな」

「ええ、突然よ。ラブストーリーは突然に――東京ラブストーリーの主題歌ね」

「…………」

「ごめんなさい。芸能界オンチの水さんにはなんのことかさっぱりわからなかったわね」

「ああ、さっぱりわからない」

「明日、とても大事な話があるから、絶対に遅れないでね。……それから、私はセーラー服を着ていくから、水さんは学生服を着てきてね」

「……冗談だろう？」

「ふふ、それは冗談よ。遅れないで来てね、大真面目な話よ」

「大真面目なときに、つまらない冗談を言うな」

「ごめんなさい。それが我が社の社風なの。私が会社をそんなにしちゃったの。とにかく、明日ね」

「ああ」


さて、あくる日——

ホーム「ショパンの優しい音色」で一日の仕事を終え、夕陽が赤ずんだ頃、建物の外で超派手な真っ赤なスポーツカーが停まっているのが水の目に留まった。

オープンカーの、ジャガーEタイプ・ロードスターに乗った女は髪をカールし、ＤＩＯＲのＧＬ

ＯＳＳＹ１　Ｘ５Ｑ／８Ｕダークハバナという大きなサングラスをしてる。

色気の滲《にじ》む首筋に派手な七色のスカーフが風になびく。

由美は職場に来るときはこの車ではやってこない。

建物の中から、社長が来ていると誰かが叫ぶと、大勢の人間が窓を開けたり正面玄関に集まって由美は芸能人のようにジロジロと見つめられ、それに手を振って応えていた。

しかし、由美の視線は水だけに注《そそ》がれており、水は何か近づきにくい雰囲気の中、スポーツカーに向かっていった。

佐藤水は、自分の、この職場のユニフォームがこのスポーツカーには似合わないことはしっかり自覚できていた。また、このロクに手入れもしてない髪は、麻丘由美社長の助手席に座る男として、あまりに不釣り合いだと十分に感じていた。

なんの予告もなしに社長が訪れたものだから、このホームの所長の明瀬博久は人慌てで社長の元へ駆けつけた。

だが、由美は含み笑いをするように、

「今日はお仕事の話をしに来たんじゃないの。こちらのダーリンと今からデートしに来たの。だから私なんかにかまわずに、職務に戻ってください。いろいろとお忙しいでしょうし、邪魔しちゃ悪いわ」

「はあ……」

そう元気のない声で所長の明瀬が答えたのは、助手席にいるのがこのホームにきて二年余りの中年社員、佐藤水だからだ。

（なんでこんな地味なお人好しの中年男が、大企業の女社長と同席してるんだ――？）

明瀬の心の囁《ささや》き声は、他の人間も同じで、それは水のところにしっかりと届いていた。

由美はそんな水を横目でチラッと見つめてから、

「水さん出掛けるわよ」

――と、颯爽と車を出した。昔々、テレビアニメの「タイガーマスク」のオープニングに出てくる光景と似ている。

ただ違うのは、由美の左手がＣＤのスイッチを押して流れてきた曲が、『お座敷小唄』であることだ。タイガーマスクの伊達直人がこんな歌を流したりはしないだろう。

「こんないい車に乗って、こんな忘年会用の歌なんか流さなくてもいいだろうに……」

「あら、いいじゃない。自分の好きな音楽を聴くのに、誰の遠慮もいらない――でしょう？」

「……そうかもしれないな」

「そうかもしれないではなくて、そうなの。もっと水さんは何にでも自信を持って。はっきりしない人には、幸運の女神も助けるべきか無視するか、迷ってしまうのね。お願いしますね。過去と未来の私の旦那様」

「………」

そう言うと、歌はいつしか『お座敷小唄』から西田佐知子の『東京ブルース』へと変わっていた。

ジャガーEタイプ・ロードスターは、誕生日のプレゼントにフフンスの友人の女社長ツキノウサギからもらったものだという。

高級車は道路を走るのではなくて、夢をのせて大地をすべる——という心地がする。


由美は運転をしながら言った。

「水さん。今日の私、ルパンⅢ世の峰不二子みたいでしょう？　プロポーションじゃちょっと負けてるけど……でも素敵でしょう？　ふふ、三十分以上待っても水さんの口からはそんなこと言ってもらえないから、先に自分で言っちゃったわ……」

「……大事な話があるっていうから出て来ているのに、なんの話をしてんだ？」

「大事な話の前には、前座みたいにどうでもいいつまらない話がしばらく続くのが世の中の常というものよ。……それより水さん。仕事は慣れた？」

「ああ、おかげさんで。毎日楽しく働かせてもらっている」

「仕事が楽しい――。楽しいと感じる人は、それだけで成功者なのね。どんどん素敵な女神が、水さんめがけて押しかけてくるわ。素敵な出来事が行列をつくって水さんに会いにくるわ。……それだけに残念でもあるわね」

「……。なんの話をしてんだ？　何が残念だ？　おまえ何か妙なこと企《たく》んでるだろう？」

「企む？　人聞きの悪いこと言わないでよ。でも何も企んでないというと、大きな嘘になるわね。企んでます」

「俺は明日仕事なんだ。用件は早く言え」

その言葉に、由美は笑いを必死で堪《こら》えるような顔をしてから、水の腹立たしさを無視して不思議な返答をした。

「水さん。私達は今どこに向かって走ってるのか、わかる？」

「東の方角だ。その方角にあるどこかだ」

「素っ気ない答えね。水さん、今私達が向かっているところは、私達の甘い愛の国、二人の素敵な未来に向かって走ってるのよ」

「何、乙女みたいなことを言ってるんだ」

「乙女みたいじゃなくて、私は正真正銘、純度百パーセントの乙女。大して化粧に時間をかけなくても乙女でいられる乙女」

「……わかったから、テキトーなところで飯でも食って帰らなきゃ。俺は明日仕事なんだ」

そのとき、再び由美は企みに満ちた笑顔を水に注《そそ》いでいた。

「水さん。仕事の心配なら全然気にしなくていいのよ」

「……？」

「明日は、というより明日から水さんは仕事に出掛けなくていいのよ」

「……どういうことだ？」

「水さんの辞表は、ちゃんと私が受理しました」

「受理したって……?!　俺は辞表なんて出してないぞ」

「ふふ。水さんは出してません。私が出して私が受理しました」

「まさか……本気で言っているのか？」

「この楽しそうなご機嫌な顔を見ればわかるでしょう。本気の本気よ」

「本気なときにニコニコ笑っているのはおまえくらいのもんだ。全く……。何を考えているんだ？」

「楽しいこと。いつだって楽しいことを考えてる――。するといつだって誰だって素敵な笑顔をキープできるわ。たとえば水さんの友人の橘虎勝さん。今、たぶん我が社で一番幸せな人。その虎勝さんがこう言ってたのよね？　この会社の社長の麻丘は、美人でいつも爽《さわ》やかに笑ってて色気があっていい女だって。女優にだってなれる女だって。照れちゃうな。恥《は》ずかしいな――。そんなにあたしって魅力ある女なのかなあー。我が社の男の人ってみんなそう思ってるのかな。いつも楽しいことしか考えてない女って、魅力的になっちゃうのかな？　エヘヘヘ」

「そうやって明日の朝まで一人で照れ続けるつもりか？　それより、俺の辞表の話はどこいったんだ？」

「ごめん。半分忘れかけていた」

そのとき、音楽は、ちあきなおみの「喝采」に変わっていた。


勢いに乗れば、ついてる女の口は止まらない。

由美が、水と田頭紀香と暮らしているのに気づいたのは、日本女社長ガッツの会の集まりの二日後。

どうも気にかかる――という同じ想いで、由美と紀香が飲み直したときのことである。

フランスへ出張する前のあわただしい時間ではあったが、由美は、自分とこの女には何か妙チクリンな因果があるような気がしてならなかった。結局朝まで由美と紀香は飲み明かしていた。――そのとき、佐藤水と麻丘由美はひょっとしたら元夫婦ではないか？――と見た目では誰も想像できないことを思いついたのは、女の直感などというものは最上級に鈍いだろうとしか思えない田頭紀香であった。

佐藤水と麻丘由美、橘虎勝と田頭紀香。この四人がこんなに絡《から》み合って、日々の暮らしが過ぎていた様子を、由美は水に説明していた。

テレビで放映される二時間ドラマで後半部分、犯人に辿《たど》り着くように、由美は水の知らない世界をわかりやすく話しながら、本気か冗談かわからない「水さんと私の素敵な未来、私達の甘い愛の国」に向かって車を走らせていた。

「水さん。会社の社長なんて仕事してるとね、日本中の従業員の皆さんに話してくれって頼まれることが多いのね。こっそり連絡なしに行っても急遽《きょ》講演会お願いしますってことになるのも珍しくないの。あんまり人前で話すのって好きじゃないんだけど……」

「いいじゃないか。話聞きたい人がいるのなら話したらいい」

「そうかもしれないわね。それでね、喋っているときにね、たまに自分でも何喋っているのかわからないときがあるの。多くの従業員の前で、離婚届に判を押して十年経ったら、それまでの全ての経緯や投げつけた言葉も時効になるの。――なんてことを気がついたら口が勝手に動いてるの。みんな何かを言いたくて社長はこの話をしてるんだな――って真剣な顔で見てるじゃない。困ったな……、五分前に時間が戻れたら全然違う話をするのにな……なんて考えてるのに、もう片一方の脳は、笑う門には奇跡がくるの。心の中で、絶対にもう無理というこじれた男と女も、覆水盆に返っちゃうなんてこともあるのよ――と勝手に口走らせちゃうのね。ひょっとしたら、間違って幽霊にウィンクしてたのかもしれない。お調子者の幽霊がしばらく私の体に入ってたのかなーって感じ。そんなときは、家に帰ってから冷や汗でグッショリ。今日の私なんだったの……って」

「はは。プロ野球の監督だって、年に一度や二度、素人に笑われるような下手な采配をするときがあるし、どうってことないって」

「三十点くらいのなぐさめの言葉ありがとう。それでね、紀香と虎勝さんのことがあって、忘れていたはずの今の話を思い出したの」

「覆水盆に返った二人か……」


佐藤水は、ここ一週間ばかりの田頭紀香の言動を思い出していた。全てがウワの空の返事にボンヤリしたような感じ。

三人で飲んで騒《さわ》いだわりには、それについて何か聞いても生返事しかしない。

パソコンを開いてはいるものの、目はそちらを向いていない。心ここにあらずは二人ともに同じ

である。

思い悩んでいる風でもない。紀香という女は不機嫌な顔、ブスーッとした顔を捨ててから、笑顔と寝顔とボンヤリした顔しかない。それだけの顔しかない女の、今の感情を読み取るのは相対性理論を理解するより難しい。判断の難しい女である。

それでなくても稀にしかいない陽気で図々しさを兼《か》ね備えた女で、謎だらけの人間である。

水は出会いから今日までの紀香の思い出を走馬灯のように頭の中のスクリーンに映し出している。

「水さん」

「…………」

そのスクリーンの外から声が聞こえて、水はワッと我に返り、後ろにのけぞるようになった。

「あなた、私のことも、自分のことも忘れて紀香のことを考えてたでしょう?」

「いや、そんなことは……」

そう言いかけたとき、流れる歌は、皮肉にも中条きよしの「うそ」になっていた。

「水さんのすぐに顔に出る単純な性格、大好きよ」

「……。で、アレ(田頭紀香)とはどんな話をしてきたんだ」

「シンプルな話。シンプルな解答。賢《かしこ》い美人がそろえばシンプルで軽やかに爽《さわ》やかにトントン拍子に片付いちゃうのね」

「……？　何がどうトントンと片付いたというんだ？」

「ふふ。水さん。人生は楽しくて素敵ね。それから不思議で面白いわね。本当に……」

「自分だけわかってるという、その変な笑いは止めろ。何がなんだかわからん」

「二組とも女性がリードして、男性がわけがわからずに黙ってついてくる。二組ともそれでうまくいきそうね」

「………」

「水さん。全然わかってないわね。水さんと私は今何してるかわかる？」

「車に乗ってる」

「オチもなければ、夢もロマンもないのね。一緒に私と古典落語習う必要あるみたいね。まあいいわ。いい？　よく聞いて。私達はもう新婚旅行に出掛けているのよ。今このときもその中にいるのよ。まあ、正確に言えば、再婚旅行とも言えなくもないけど……。それからね、結婚式、これも正確には再婚式は、与論島の教会ですることにしたから。ここのいい加減な高尾牧師は私の知り合いというか競馬仲間なの」

「ちょっと待て……。俺になんの相談もなしに勝手にドンドン話をすすめて……。大体、止式にヨりを戻すなんて一言も言ってないだろう。どうして、いつもおまえはそうなんだ！」

「どうしてかしら？　人生は素晴らしい冗談だから――かしら。楽しいことは急いでしなくちゃね。水さんの優柔不断につき合ってたら、結婚、離婚、借金、入院、旅行、落語にサッカー……ETC、楽しいことがスルスル通り過ぎちゃうわ。だから私が水さんのために、素敵なゲームを御膳立てしてるのよ」

「離婚、借金、入院も楽しいゲームのうちか？」

「そう。それ程度のことは、五年も過ぎれば笑って話せるちっぽけな思い出。水さんと紀香が一緒に暮らした日々もすぐに素敵な冗談の日々になるわ。弱く暗くなりやすかった水さんが、笑顔が絶えない人になったのは紀香のおかげ。名残《なごり》おしいでしょうが、二人それぞれの役割は立派に完遂したから、ゲームオーバーが二人の最適の道。――だと私は思うし、紀香も考えて、そう結論づけてます」

「……そのおまえが十年来の友人のように語る田頭紀香だが、実は俺は、ここ一週間会話らしい会話をしていないんだが……」

「ふふ」

なぜか由美は、そこで屈託のない笑顔を水に投げかけていた。

「水さん。紀香もあんな顔してるけど、悩んでたのよ。水さんはもう一人でも生きていけると心配してないけど、どういう風にしたら大笑いしてアナタと別れられるかって――。さすが、(株)冗談の社長さんは、一日二十四時間笑うことか、これをどう冗談にしてしまうかしか考えてないのね」

「別れも冗談にしなきゃいけないのか?」

「そういう風な考え方をする女性なのよ」

そう言うと、由美はしばらく遠くを見るようにしながら運転をしていた。CDを取り出して、新しいのと取り換えた。

流れてきた曲は、「五番街のマリー」だった。

由美がチラッと横目で水の顔を見る。目が合うと水は、遠くを見るフリをして、わざとらしく無表情にとりつくろっていた。

曲が一番から二番に移りかけたとき、由美はやっとニッコリ笑った。

「水さん。この歌を聞くと、よく泣いてたわね。今も全然変わってない。涙もろいのは同じね」

「泣いてなんかない……。ちょっと風が冷たいから……」

「はいはい。そういうことにしましょうね。でも、私はそんなところが一番好きよ。それはそうと、あと三十分でこの車は終点に着きます。……どこだと思う?」

「わからない。見晴らしのいいレストランか――?」

「予想通りの大ハズレの答えね」

「………」

「水さん、この車の終点は羽田空港よ。私達は与論島の緑の芝に囲まれた教会で式を挙げるの。飛行機で飛ぶのよ、南の幸せの島に」

「………」

「そこに行く前に予定スケジュールの一番。佐藤水さんは羽田空港で私達を祝福してくれる二人に感謝の言葉を言うの。心をこめて」

「二人？」

「紀香と虎勝さんよ。あの二人はね、ヨリを戻したの。スピード離婚とスピード再婚ね。私達とは少し違うわね」

「……二人とも、ずっと顔を合わせてたが、なんにも言わないから……。まさか、こんなにはやく話が進んでるとは……」

「あの二人は電車が来たら、なんにでも乗るのよ。後先考えず、お気楽な能天気な幸せな二人。でもそれで、私達は完全にあの二人に後れをとっちゃったわ」

「後れをとったって……、別に競争したり勝負してるわけじゃないだろう？」

「ふふ、確かに人生は競争なんかじゃないわ。でも、水さんのように、いつもいつもよーく考えてから結論を出すというスタンスは駄目。よーく考えているうちに、無理だろうなーって人は思っちゃうのよ。そしたら、何も生まれず、何もしないまま人生終わっちゃうの」

「……なんか、おまえと暮らしても、田頭紀香と同じで、説教っぽく怒られるだけみたいだな」

「それが、この世での水さんの残りの人生の役柄なんだから、あたえられた役柄を精一杯演じながら楽しんでちょうだいね」

「…………」

「あと千回くらい、私にモグラ叩きのように叩かれ続けたら、水さんも成長して別人のようになると思う」

「千回か……」

「そう千回……。その前に、まもなく車は終点の羽田空港前に到着します。紀香にサヨナラとおめでとうを笑いながら言ってきて。喫茶店でも行って話をして、一時間後にはここに必ず帰ってきて」

由美はそう言うと車を止めた。約束していた場所に紀香と虎勝は立っており、こちらに手を振っていた。

第四章　再　生

泣き笑い

虎勝は遠慮してというか、気を利かしてというか、水と紀香を二人にして一人、空港のロビーの中へ消えていった。


二人っきりになった。

どこにでもあるような喫茶店に座った二人は、しばらく何も語らず、ときどき相手の顔色を窺《うかが》っていたが、突然紀香の表情が信じられない様子に変化した。ニッコリと笑っているが、とめどなく涙があふれて止まりそうもない。

「ご注文は?」

水は注文を聞きにきたウェイトレスに、

「いい男といい女の大人の別れのコーヒーを二つ。せつなくて大人の香りが漂うよう高級ブレンドで」

――と、今までの自分のイメージをぶっ壊《こわ》して無理をしてギャグを言ってみた。

笑いながら大泣きする紀香を気づかっているせいか、水の言動はさらに紀香の涙を増やしていった。

「水さん。初めて会ったときに比べて随分と別人のように成長したわ。私の心の半分は、ずっと水さんと暮らしていたいと叫んでる。でも、残りのもう半分の心は、ずっとこうしてちゃいけない――って言い続けていた。なんだか、自分がよくわからない……」

「わからないことはない。俺と出会う前から、おまえは、虎勝以上には人を愛せないとわかっていた。それだけのことだ」

「……。そうかもしれないわね。……でも、水さんだって同じでしょう。麻丘由美社長さんのこと、今でも好きなんでしょう?」

「……。そうかもしれないな」

「真似しないで。水さん。お別れに、この三年間の楽しかった日々の御礼に、『別れの夜』の詩をプレゼントするわ。これはね、うち(会社)に送られてきた売れない小説家の三文物書きのなまけぼんくらのすけさんの詩なの。『別れの朝』の替え歌」

そう言うと、紀香はプリントアウトした、「別れの夜」を小声で歌った。

♪別れの夜　二人は
割り勘で　たのんだ
安物のコーヒー
思い出し笑いで　飲んでた

別れの夜　二人は
明日の運勢占う
さよならのジャンケン
気合入れて　勝負した　♪

かなり音程のズレはあったが、紀香の瞳からは涙が止みそうもない。水にとって、紀香の涙顔など見たこともなければ、想像すらしたこともなかったが、泣きながら笑っている姿に、水は胸を締めつけられる気がしていた。
こういう状況に陥《おちい》ったときに、優しい言葉を必死で探してかけようとする男は下の下、つまんない男――だというのが紀香の持論である。こういう場合は、野球の投手でいうと牽《けん》制球を一塁でも二塁でも三塁でもなく、センターの外野手に投げたり、ベンチの監督に剛速球で投げるような男が一流であるという。

そんな教えを直接指導され、ここでもピント外れの質問をした。

「おい、最後におまえに聞いておきたいことが一つある」

「私のスリーサイズでしょう？　この世の男性なら誰でも知りたがるでしょうね。倉科カナと私のスリーサイズ」

「……じゃあ、俺はこの世の男性じゃないってことか――？　当然のことながら、そんなものには一パーセントも興味はない。なぜおまえは俺のところへ転がりこんできて、一体何をしたかったのか――ってことだな」

「なぜでしょうね。少し手を加えれば、いくらでも化けそうな運を引き寄せるような波動を水さんは持っていたからかな。だからほうっておけなかった……。人間観察する上で、興味を持ってたからかな。たぶんそうでしょうね。これから、何か始まりかけたときにお別れは残念なのかもしれないけど……、でも、でもこの別れは私も水さんも自然な流れだわ。水さんのこれからのパートナーは麻丘由美社長。私のパートナーは虎勝さん。それが最善の道だと思う」

「……実は俺もここ数日、そう考えていた。たぶん、この世の運命の気まぐれなシナリオライターの書いた筋はそうなんだろうってな……。だから、感情はいっさい抜きで笑って別れよう」

水はニコッと笑い、

「その『別れの夜』の歌を書いたボンクラ作家の言葉通りコーヒーは割り勘にしよう」

「うん……。思い出深い最後のコーヒーを割り勘にしたのを、私は死ぬまで忘れない」

「俺も、ずっとこの割り勘は忘れない。そろそろさよならの時間だ。楽しい日々をありがとう。元気でな……」

「うん。水さんも元気で」


二人は店を出て、それぞれ未来のパートナーの傍に歩いていった。

機上の二人

空港の別れというものは、別れの淋しさが半分ですむ。パッと飛び立つから、大型フェリーのようにジワジワとゆっくり胸を締めつけるのではなく、鳥が木から木へと渡るが如く感傷に浸る暇もない――という考え方は間違いである。

あっけなく視界からは消えたみたいだが、四人それぞれの想いは、その分高速回転し、妙に絡《から》み合った四人は、しばらく黙り込んで傍《かたわ》らの人間が話しかけられないくらいに重い表情をしばらく崩《くず》さなかった。

しばらくの沈黙を破ったのは、やはり由美の方であった。やや座席を倒し、天井を見るようにして言った。

「水さん。紀香泣いてたわね。あの娘、ああ見えて涙もろいのね。びっくりしたわ」

「俺も泣いた顔なんて見たのは初めてなので、何か面喰らった感じ」

「あれはね、ここ何日間で、水さんにサヨナラもアリガトウも切り出せなくて過ごした日々のもやもやが爆発した姿よ」

「豚の目にも涙か」

「水さん。そういうのはジョークでも女心を傷つけるのよ。今後そんなことを言ったら怒るわよ」

「……そう言いながら、おまえの口許《もと》は思い切り笑ってるじゃないか」

そこで由美はもう一度小さくニッコリ笑ったが、サラリと話題を変えた。女流変幻自在である。

「このへんで今回の予定を教えてあげるわね。水さん、那覇からチャーター機で与論島に着いたら、そこの教会の高尾牧師にさっさと式を挙げてもらうの。それから牧師と女社長ガッツの会のメンバーの人とで島の居酒屋へ飲みに行くの」

「……で、その牧師とは何者なんだ?」

「ええ、牧師の本を読んで私の人生観は変わってしまったわ。どうしても会いたくなって一度、牧師に会いに教会へ行ってみたの。生まれてから読んだ本で一番素敵な本だった。全然売れなかったらしいけど……」

「どんな本なんだ？」

「ＡＫＢ48の柏木由紀とオルフェーヴルを心から愛せる者は誰でも億万長者になれる——って題名の本よ」

「そんな低俗なのがキリスト教の牧師が書いた本なのか？」

「その牧師らしくないところが楽しくて魅力的なのよ。成功哲学を書いた本人が貧乏なままで、神様にそっぽを向かれたままなんて最高の喜劇よね。少なくとも私の心には響いてきたの。それに牧師の日曜日の説教は、そのへんのお笑い芸人より面白くて笑わせてくれるわ。私の妻を知っている人は、私のことをソクラテスより立派な哲学者だと感じていることでしょう——とオイオイ泣きながら訴《うった》えてくるのよ。個性的なユーモラスな恐妻家なのよ。それで泣いてるのかと思っていると、この牧師の表情は変幻自在ね。急に子供のような無邪気な笑顔になって、午後三時半からのメインレースの競馬予想を天真爛漫に始めるものだから、最初は競馬なんかの賭け事に興味なかった信者も、いつしか小脇に競馬新聞を挟《はさ》んで教会へとやってくるようになっていったのね」

「そんな妙な牧師にマインドコントロールさせられたのか？　どこかの宗教団体みたいに……」

「ええ。でもハッピーブロッコリー高尾牧師は一人。宗教団体じゃないから、自由にのびのび生きてる。水さん……」

「ん？」

「私が社長になったのも、この牧師の影響なの。古典落語に傾倒《けいとう》していったのも高尾牧師のせい」

「なんかいい加減そうな男だな」

「そこがいいのよ。能ある牧師は信仰を隠し、努力、根性を隠し、悩みなき最高の笑顔で生きるの」

「アホと大差はないな」

「ふふ、この世のものの上と下、全ては大差ありません。それより、明日からは与論島の可愛い生き物達に結婚の挨拶《あいさつ》をするんだから、百万ドルの笑顔を忘れないでね。ここの海や空、鯨や鳥の生物達は私達二人の永遠の友人なんだから……」

「永遠の友人か……」

「そうよ。永遠なんてものは、人間以外の自然生物のためにある言葉よ。宇宙の同じ時代を生きる動物達に祝福されるような爽《さわ》やかな笑顔を準備しててよ……」

「俺がすることは動物へ挨拶するのと、笑顔だけか――？」

「そう、あとは私が全て仕切るから……」

それから心地よい眠気が訪れ、二人は与論の大自然の中へとろけるように近づいていた。

牧師と坊主で、それぞれの再婚式

物語は、実に気まぐれに舞台を与論島から白川郷へと移動する。

水と由美の方はＤＶＤの画面を一時停止されたようなまま止まっている。実に十五年ぶりに唇と唇を重ね合わせようとするその瞬間、田頭紀香と橘虎勝の見つめ合う画像へと急変する。しかも二週間も時間のズレがある。

実にいい加減な展開であるが、別に誰に迷惑をかけるわけでなく、気にせず物語はテクテクと前に進む。

「虎ちゃん。あたしの長所の一番はご存知のように美貌なんだけど……」

「そうだんな。百歩譲ってじゃなく百キロ譲って、料理や家事でないことだけは間違いおへんな」

紀香は、都合の悪い言葉は、そよ風に流して全く無視をする。

「二番目の長所は、人づき合いが抜群にいいところかな？高校のときの親友の結衣が失恋したときも、つき合いであたしも、まあまあの男子生徒に彼女いるの知ってて告白したことあったわ。大して好きでもなかったけど……私も失恋したことにして、それで結衣が元気になったのならいいって……」

「……で、元気になったんでっか？」

「あたしの企《たくら》みバレちゃって……。やっぱり素直な女は嘘はつけないのね――って改めて思ったわ」

「素直でっか？　本人以外は考えたこともない言葉でんな」

「それから就職や結婚も人づき合いでしたのかな？　共通のモノがないと話題なくなっちゃうからね。それに結衣が離婚したときも、人づき合いで後追い離婚を無意識にしたのかもしれないし、そうじゃないかもしれないけど、ともかく、今は由美社長、水さんの二人につき合って、あたし達も再婚式も挙げることになったのね」

「……しかし、急に明日から一週間仕事休んでくれまへんか――？　どうしてだ――？　なんとなく流れでまた結婚することになりましてん――って、なんでんねん」

「なんなんでしょうね。この皿の冗談の神様の書いたシナリオに、私達が踊らされているだけじゃないかしら……。それより虎ちゃん。目の前にこんな素敵な女がいるのに一つ忘れてることがあるでしょう？」

「なんでっか？」

「キスして。熱烈なキスをして」

「…………」

「オードリー・ヘップバーン、ヴィヴィアン・リー、イングリッド・バーグマンそっくりといわれているこのあたしの魅力的な唇を熱烈に奪って」

「熱烈の前に強烈なジョークだんな。誰とそっくりな唇だって？」

「虎ちゃん。今は笑うところじゃないわ。美男美女のラブシーンに笑い声はいらないわ」

虎勝は唇をかみしめて、それから素早く紀香の唇に触れた。

実に十年ぶりのことだ。最初のキス、田頭紀香二十一歳のときのその顔つきと今を比べて、（初初《ういうい》しさがなくなって、一言多い女に変わってしもうたわ。まあ、女は誰でもこうなるんでっしゃろな……。これも、一つの諸行無常いうもんかもしれまへんわ）

――と心の中でつぶやいたとき、

「虎ちゃん」

――と、少し怒った表情で睨《にら》み返す紀香のきつい視線がすぐそこにあった。

「虎ちゃん。下手なキス、想いのこめられてないキスは罰金五千円よ。あなた、今、この世は儚《はか》ないなあ――なんて思ってたでしょう。どうせ、どこかの若いパープリンのキャバ嬢と比べてそんなこと考えてたんでしょう？」

「……キャバ嬢に興味あったのは十年前の話でんな。俺が比べてたのは、初めてキスしてたときのおまえ。羞《は》い《じら》のある女っていうのはええもんやわ。どうして女というものは十年で、こうも変われるもんでんねん」

「はははは。女優やアイドルと比べられたらちょっと化粧したら追いつくけど、十年前のあたしと比べられたら、どんなに頑張っても勝てないわね。はははは」

二度三度笑ったあと、紀香は突然に泣き出した。

秋の空の何倍ものスピードで感情を変化させる女は扱いにくいこと、この上ない。

三分泣くだけ泣いた後、三十秒後には開き直ったようにニッコリ笑い、

「まあ虎ちゃんもホストじゃないんだから、キスが思い切り下手なくらいは我慢してあげる。質より量で勝負というヤツね。食後三十分に必ずあたしに胸がときめくようなキスを死ぬまでしてもらうわ。下手だったり真剣味がなかったら罰金五千円、忘れたり拒否したら二万円の罰金ね」

「なんや若い新婚さんが言うようなセリフを言いまんな？」

「今度のやり直しの結婚が新婚よ。最初のは二人とも年齢は若かったけれど、どちらもオジン臭くてオバン臭くて、生活感だけがあって夢がなかった……。二回目はその反対の甘い生活を送りましょうね」

「ローソンの弁当と宅配のピザと男のまにあわせの手料理を毎日食べながら甘い生活送るんでっ

か?」

「あら、料理や家事が全然駄目な女とは甘い生活は送れないみたいな言い方ね。素敵な結婚生活を送るために、世間一般の常識的な考え方は捨ててね。あたし達二人だけの幸せの法則をつくって、それで生きていきましょう。虎ちゃんも世間体なんて全然気にしないタイプでしょう?」

「そうやな。それだけが二人の気の合うたった一つみたいですわな」

「ところでね、虎ちゃん。あたし達の結婚式は、この白川郷の合掌《がっしょう》造りの中で少人数でつつましくすることにしたのよ。知ってるかしら? 幸せの出張坊主にもたのんでおいたから……」

「あの静かなブームになってる坊主か……?」


ここで幸せの出張坊主、「逆転」について駆《か》け足で説明する。

まず、もともと有名人であったこの男に、出家してつけた逆転という名前が縁起がいいと万年Bクラスのプロ野球チーム、サッカーチーム、期待されながら負け続けるボクサー達が溺《おぼ》れる者は藁《わら》をもつかむ——ならぬ溺れる者は坊主にもすがるという想いでこぞって押しかけ、これがなんとまあ、奇跡としか言いようのない快進撃を始めたからさあ大変。

週刊誌に取り上げられ、男運の悪い女達や経営難に苦しむ中小企業の社長など逆転の追っかけを始めだした。

逆転にしてみれば、心の持ち方を少し変えるようにアドバイスしただけなのに、テンヤワンヤの様相になっていた。

この逆転、現在三十五歳だが、三年前はなんと大阪ミナミの「たこ焼きとノイローゼ」という妙な名前のホストクラブのナンバーワンであった。ナンバーワンといっても大阪一店舗などの話ではなく全国のナンバーワンを七年間も続け、セレブな奥様連中、有名女優、アイドル歌手がひっきりなしに押しかけてきた。砂夢（サム）という源氏名で「たこ焼きとノイローゼ」で働く間にスポーツカーを三台プレゼントされた他にマンション、純金の腕時計、ヨットＥＴＣも手に入れた。闘争心、競争心ゼロの男を周りが勝手に大金持ちへの階段を上らせるように背中を押し続けた。

ここからの話は本人曰《いわ》く――の世界である。

ある日、神の使いの三人の天使がホストクラブの客に変装して、

「砂夢ちゃん。神様が、アリタには多くの人を幸せにする力がありまんねん――と、おっしゃってまんねん。今すぐ出家して、日本中の人々に喜びや笑顔を配ってほしいんでっけど、どないでっしゃろ？」

天使には珍しく関西弁を喋りながら神の啓示を運んできて、ホスト砂夢はピッ、ピッ、ピーーとい う脳内センサーがＯＫのサインを出して、あっさりと仏の道を歩むことを選んだのだった。

高校二年で硬式テニスチャンピオン。その後東大法学部へ入学するも一年で中退、銀行員になると将来の頭取候補と噂されるも、いつものパターンで、「興味が薄れた」の一言で退職、その後、ホストを七年やった後、今日にいたるまで、逆転のエピソードは、星の数ほどある。

だが、逆転はこの物語では脇役なので、あと一つだけ記して終わりにする。

その一つとは、この世の生きとし生ける者を君《くん》づけで呼ぶことである。

お釈迦《しゃか》様ではなくてお釈迦君、日蓮上人ではなくて日蓮君、聖母マリア様でなくて聖母ことマリア君。また、身近なところでも、ゴキブリではなくてゴキブリ君、のら猫君、トマト君……。これには賛否両論あるが、逆転は人の言うことはいっさい気にしない。

紀香は、友人のツテをたよりにこの幸せの出張坊主、逆転に結婚式をたのんだ。この坊さん、葬式は受け付けないが、結婚式は喜んで引き受けるという変な坊さんである。

ともあれ、紀香と虎勝は、世界遺産にもなっている白川郷の合掌造りの一軒を借りて、何百年も前と変わらぬ日本の風景の中で、永遠の愛を誓おうとしていた。

さて、気まぐれに時間を遡って、佐藤水と麻丘由美の与論島での結婚式当日に画面は変わる。

与論の海、エメラルドの海の色とりどりのお魚、南国小動物にも由美と一緒に、

「出会えて嬉しい。ありがとう」

——と、挨拶に挨拶を重ね、結婚式当日となった。大企業の社長だというのに会社の者には誰にも連絡してない。


秘書の藤田美佐子には、しばらく前に言った。

「何が起こってもこれは私からの指示だから——と言って、全て美佐ちゃんの判断でやっていて。一年後には、美佐ちゃんにこの会社まかせようと思ってるの……」

「……。冗談でしょう。そんなの無理に決まって……」

美佐子が言いかけたとき、由美はその言葉を遮《さえぎ》って真顔で言った。

「そんなの無理と決めるのは、もちろん国会で決めるんじゃなくて、魅力のない夢のない人が勝手に決めることなの。心配なんかしてたら貧乏神が寄りつくし、臆病虫が体中にわいてしまうわ。今から慌てずに、社長になったら何をするかをイメージしていって。多くのホストの心を自由自在に操ってきたんでしょう？　趣味でやってたみたいに、ビジネスの世界でもゲーム感覚でやっていたら大丈夫だから」

「………」

「じゃあ、私は水さんとしばらくの間ラブラブだからゴメンあそばせ」

こうして、（株）ショパン＆シンデレラの従業員が、社長が式を与論島の教会で挙げているのを知ったのは結婚式当日であった。

こっそりと挙げる式、招待者の数もほんの少しだが、その顔ぶれはすごい。

フランス大統領オカネナーイ、ロック歌手エンカスーキ、日本女社長ガッツの会より二人……などで由美の方が十人。水も人数を由美にあわせて十人。遠くスーパー佐藤商店でアルバイトで働いていた当時大学生のフクミちゃんや高校の同級生、水のファンの職場の老人達……。

与論の大自然の中でしばし時間を過ごすと、日常のささいなことなど、どうでもいい気分になる。同時に、自分が小さく小さく見える。

芝生に囲まれた教会に、ハッピーブロッコリー高尾牧師が立っている。顔中ボコボコ、世界戦を終えたボクシング世界チャンピオンのような顔である。

これは、元女子プロレスの、ブロッコリー高尾の女房に殴られた顔である。

この顔で牧師はいつも、

「人生にはつらいと思える日々もありますが、これは素敵な明日のための前座みたいなものです」

――という説教をするが、妙に説得力がある。

さて、この教会のステンドグラスには、なんとなんとAKB48のポスターがあちこちに貼りつけられてある。大島優子、指原梨乃、柏木由紀、小嶋陽菜。

アイドルが見守るように水と由美を見下ろしている。

そんな中、ブロッコリー高尾牧師は、佐藤水に言った。

「佐藤水さん。汝《なんじ》は今度はこの日本で五本の指にはいる魅力的な由美社長を大事にし、心から愛することを誓いますか？」

佐藤水は牧師に小声で耳打ちした。

「牧師。そんな言い方されちゃ、俺が悪者でこいつ（由美）がますますいい女になってしまうじゃないか……」

「贅沢言うな。私なんか毎晩のように虐待《ぎゃくたい》にたえている。それでも神は手を差しのべてはくれない……」

「それは、信仰がたりないからじゃないでしょうか？」

「……、それを言っちゃあおしまいよ」

そこで由美は口を出した。

「いつまでつまらない話をしてるのよ。次に進んでちょうだいよ」

「そうだった……」

ブロッコリー高尾牧師は、気を取り直し、今が式の最中だと思い出し、牧師の仕事に戻った。

「新婦由美、汝はこの先の人生で夫、水を永遠に愛することを誓いますか？」

「……たぶん。来年のことを言うと鬼が笑うかもしれないけど、鬼に負けずに私達もその何倍も笑い転げて、いつも一緒に二人で素敵な歌を歌い続けることを誓います」

「それでは誓いのキスを」

水と由美は唇を重ね、しばし見つめ合った。軽やかに生きているように見えて、由美の瞳には今にも零《こぼ》れそうに涙が溜まっていた。

由美のウェディングドレスは大慌てで造ったもので、大富豪の着る高額なものではない。しかし、特別にオシャレで個性的で、日本中の花がドレスいっぱいに鏤《ちりば》められている。そこに涙が何しずくか落ちていた。

由美は幸せいっぱいの子供のような顔で微笑んで水に言った。

「水さん。水さんは人生を楽しむのずっと下手だった。でも、あなたは変わったわ。大丈夫。私と素敵な未来を送れるわ」

「ああ。おまえの言う通り、人生を楽しむよ」

「お先に」という短いメールが田頭紀香の元に届いた。

それだけの言葉で由美の全文が紀香に理解できた。

私達は南の島で軽く楽しく式を終えたところ。お先に幸せデ～ス。


紀香の好きな白川郷の風景に優しく迎えられて、紀香は愛媛の四国中央市で造ってもらった紙の花嫁衣裳で合掌《がっしょう》造りの家の中へと入っていった。

なぜか、この家の中で虎勝と結ばれたいと無性に思いついてから、それが現実にしてしまう紀香のスピードには脱帽させられる。

突然に呼び出されて、のこのこやってきた幸せの出張坊主は、結婚式場と化した合掌造りの中でフォークギターで般若心経を歌ったあと、虎勝に尋ねた。

「橘虎勝さん。汝は田頭紀香を今度は真面目に愛すことを誓いまっか?」

「へえ。今は、オルフェーヴルより愛せる気がしますわ……」

その言葉に紀香はピクッと口許がこわばった。

(この馬鹿、なんで私と前に離婚したのか忘れたのかよ!)

――という思いを笑顔で隠すというか誤魔化しながら言った。

「なんでそんなところにオルフェーヴルの名前が出てくるのよ」

取り繕った笑顔を横目で見た幸せの出張坊主逆転は、その場を察して慌てて話題を変えた。

「それはさておいて、田頭紀香は橘虎勝を生涯愛することを誓いまっか？」

「たぶん……。料理や家事はやったことないのでしてあげられませんが、その他のことでは精一杯頑張ります」

新婦の挨拶としては決して褒《ほ》められた言葉ではなかったが、なんだかんだといっても幸せな顔をしている。

幸せの出張坊主、逆転は、そのとき与論のハッピーブロッコリー高尾牧師と同じ台詞を心の中でつぶやいた。

（せっかく離婚したのに、なんでわざわざ苦しい道を選択するのか、この二人は——）

おわり

あとがき

最後まで読んでくださって本当にありがとうございます。世の中変な人もいるので、ここを最初に読んでいる人もいることでしょう。それはそれでありがとうございます。

私は愛媛県の伯方島というのどかな島のスーパーで働いています。我が社には銀河鉄道999のメーテルによく似たスリムな田頭○○さんという美少女がいます。この物語の中では女優の藤原紀香さんとかけあわせて、田頭紀香となっています。また、ある店の青果売り場には宝塚系の顔とプロポーションの美人妻の○○由美さんが働いています。これも麻丘めぐみと合体させて麻丘由美としています。他に若狭百恵、松嶋喜久子などの名前も同様な感じで名付けています。

さて、最後まで読んでくださった読者の方と、作者とどれくらいイメージが違うのか、少し興味がわきましたので最後に記しておきます。

麻丘由美……ジェシカ・アルバさん（アメリカの女優）

佐藤水……ダンディ坂野さん（お笑い芸人）
田頭紀香……柳原可奈子さん（タレント）
橘虎勝……サンドウィッチマンの富澤さん（お笑い芸人）

こんなイメージで私は書きました。

皆様にはどんな人物像だったんでしょうか？


ともあれ、ない知恵、ない文章力、ない根気を絞《しぼ》り出して、なんとか最後まで書き終えることができました。

肩の力を抜いて読んで楽しめてもらえたら幸いです。

物語の中の水、由美、虎勝、紀香以上に読者の皆様の明日が、青空のような笑いに満ちた素晴らしい未来であることを願っています。

おいしいお酒の唄

作詞　神経質　花子

幸せいっぱい悩みなし
あるのは今日もうまい酒
別れた男は飲みほして
春夏秋冬　うまい酒
涙を集めりゃ酒になる
想い出たどれば酒になる
若き日私はアイドルで
写真を見ながらうまい酒

おいしいお酒の唄（中国語）

幸福满满地 没有烦恼
唯有今日这美酒
分手的男人 一饮而尽
春夏秋冬 美酒
眼泪汇集成了酒
回忆交织成了酒
年青时我也曾是偶像
看着当时的照片唱着美酒

美寝子と馬狸子の悪妻音頭《おんど》

作詞　神経質　花子

美寝子が歌えば　桜が散《ち》り出す
美寝子が歌えば　株価《かぶか》は下落す
そんな美寝子に我慢した
美寝子のダンナは日本一

馬狸子が睨《にら》めば　ヤクザは隠《かく》れる
馬狸子が睨めば　釈迦《しゃか》さえ謝《あやま》る
そんな馬狸子に我慢した
馬狸子のダンナは世界一

美寝子と馬狸子の悪妻音頭（中国語）

如果美寝子唱歌 樱花开始散落
如果美寝子唱歌 股票价格下跌
忍耐那样的美寝子
美寝子的先生日本第一

如果马狸子瞪眼请 黑社会的人隐藏起来
如果马狸子瞪眼请 甚至释迦牟尼道歉
忍耐那样的马狸子
马狸子的先生世界第一

OL理奈のダイエットブルース

作詞　神経質花子　唇　否《くちびるゆがむ》

中国語講師　謝紅艶先生

一、イケメンの町医者のヒロ君が
私のために　つくってくれた
甘くてせつない　ダイエットブルース

※　やせたい　やせたい
死んでもやせたい
やせたい　やせたい
きゅうりのように

やせたい　やせたい
食事は減らさず
やせたい　やせたい

OL理奈のダイエットブルース（中国語）

※　想瘦 想瘦
死了都想瘦
想瘦 想瘦
像黄瓜一样

想瘦 想瘦
吃饭不减少
想瘦 想瘦

像一次性筷子一样

わりばしみたいに

二、インテリの　弁護士のキム君が
小さな声で　やさしく言った
肥満に　罪など　全然　ないよと
※くりかえし

著者プロフィール

泣言 遊太郎（なきごと ゆうたろう）

愛媛県生まれ。

本名・年齢・学歴・通帳の預金残高etc. 黙秘権を行使します。

会いたい人――久瑠あさ美先生。中谷彰宏先生。佳川奈未先生。

今一番好きな歌――（台湾のアイドル歌手）Cyndi Wang（シンディー・ワン）「Buku」／王心凌「不哭」

職場や同級生の皆には口数少ない美少年と呼ばれています。


創栄出版（So-Books）より電子書籍「徒然愚痴」刊行。250円。

愛媛今治を舞台にした昭和52～54年の自伝的な青春小説。よろしければ、読んでみて下さい。

せっかく離婚したのに

2014年 3月15日　初版第1刷発行

著　者　泣言 遊太郎
発行者　瓜谷 綱延
発行所　株式会社文芸社
〒160-0022　東京都新宿区新宿1－10－1
電話　03-5369-3060（編集）
03-5369-2299（販売）

印刷所　株式会社フクイン

ISBN978-4-286-14769-7